O RETRATO DE DORIAN GRAY
Oscar Wilde

O RETRATO DE DORIAN GRAY

Oscar Wilde

adaptação

Clarice Lispector

ROCCO
JOVENS LEITORES

Título original
THE PICTURE OF DORIAN GRAY

Copyright da tradução e adaptação © 2005 *by* Clarice Lispector
e herdeiros de Clarice Lispector

Direitos para a língua portuguesa reservados
com exclusividade para o Brasil à
EDITORA ROCCO LTDA.
Av. Presidente Wilson, 231 – 8º andar – Centro
20030-021 – Rio de Janeiro, RJ
Tel.: 3525-2000 – Fax: 3525-2001

rocco@rocco.com.br | www.rocco.com.br

Printed in Brazil/Impresso no Brasil

ROCCO
JOVENS LEITORES

GERENTE EDITORIAL Ana Martins Bergin	ASSISTENTE DE PRODUÇÃO Silvânia Rangel
EQUIPE EDITORIAL Lorena Piñeiro Manon Bourgeade (arte) Milena Vargas Paula Drummond Viviane Maurey	REVISÃO Armenio Dutra Wendell Setubal ILUSTRAÇÕES Mario Alberto

CIP-Brasil. Catalogação na fonte.
Sindicato Nacional dos Editores de Livros, RJ.

L753r   Lispector, Clarice
O retrato de Dorian Gray / Oscar Wilde; adaptação e tradução de Clarice Lispector. – Primeira edição – Rio de Janeiro: Rocco Jovens Leitores, 2016.

Tradução de: The picture of Dorian Gray
ISBN 978-85-7980-306-2

1. Ficção inglesa. I. Wilde, Oscar. II. Lispector, Clarice. III. Título.

16-33998   CDD – 028.5   CDU – 087.5

O texto deste livro obedece às normas do
Acordo Ortográfico da Língua Portuguesa.

O RETRATO DE DORIAN GRAY

Sumário

Introdução 11

Lorde Henry Wotton e seu amigo, o pintor 15
Dorian Gray 26
A força de lorde Henry 37
Dorian Gray busca sensações novas 42
O amor de Dorian Gray 48
O noivado de Dorian Gray 54
O primeiro crime 60
As marcas do primeiro crime 69
A confissão 80
Dorian Gray esconde as marcas do primeiro crime 87
O veneno em forma de livro 94
O segredo de Dorian Gray começa a ser desvendado 102
O rosto da alma 109
Dorian Gray esconde as marcas do segundo crime 116
Dorian Gray tenta a cura da alma 122
A vida começa a cobrar 128
A primeira conta 135
A face do medo 139
O retrato de uma dor 146
O resgate 152

Introdução

Este é o único romance de Oscar Wilde.

Surgiu na época em que o escritor conheceu a glória literária. Seu nome aparecera, antes, em contos, histórias, comédias e outros gêneros apreciados por adultos e crianças.

Mas este é o seu romance.

A ideia lhe surgiu num dia de primavera. O escritor visitava seu amigo, o pintor Basil Hallward, quando este se encontrava empolgado pela pintura do retrato de um jovem de extraordinária beleza.

Frequentava seu estúdio. Enquanto o amigo pintava, Wilde conversava com o pintor e admirava o retrato e o original: Dorian Gray. Um jovem cujo belo rosto irradiava alegria, pureza e bondade, como se o mundo não o tivesse tocado ainda com suas maldades, seus sofrimentos.

Nesse dia, Basil terminava o quadro. Sua obra-prima, conforme dizia. E de Wilde veio o comentário:

— É pena que uma criatura tão radiosa deva envelhecer!

— Realmente — concordou o artista. — Que beleza se Dorian pudesse ficar exatamente como é, e o retrato envelhecesse e enrugasse em seu lugar. Juro que faço votos para que assim seja!

Isso foi tudo. Nada mais foi dito, afirma o pintor. Ocupou-se, então, em completar o trabalho, enquanto Wilde permanecia calado, pensando. Subitamente, levantou-se e correu para a porta, mal se despedindo do outro.

Diz o artista que não tornou a ver Wilde nem Dorian Gray.

Muitos anos depois, caiu-lhe nas mãos este livro. A história surgida daquela conversa que parecia sem maior importância. Mas a ideia entusiasmara o escritor: que o físico se mantivesse intato, através do tempo, sem sofrer as marcas dos erros, das maldades, das perversões a que está sujeita a alma humana através da duração de sua vida; que essas marcas se imprimissem no retrato; o corpo se mantivesse jovem, belo e sadio; nenhuma queda, nenhuma decadência, nenhum sinal de velhice.

Basil Hallward, no prefácio que fez para o livro, afirma que Wilde bordou muito sobre o tema. Antes de tudo, mostrou um Dorian Gray perverso e pervertido — o oposto do que era o seu jovem modelo.

A ideia de Basil Hallward — a velhice destrói e degrada a beleza física — inflamou a imaginação do poeta. Daí nasceu o livro. Eis aí: um tema que lhe daria margem para dizer muitas das coisas que estavam na sua cabeça.

E Oscar Wilde atingiu aquilo a que se tinha proposto. Através de Dorian Gray, deu o seu recado. Mostrou que a aparência nem sempre corresponde ao que vai no íntimo.

O livro é ficção. Mas as pessoas e muitos dos conceitos que o povoam são realidade. Daquele tempo. De hoje. Porque há verdade neles. E a verdade é de sempre.

Já no prefácio que o próprio autor também faz para o seu livro, vê-se isso.

É uma página forte e bela. Aí estão a sua ironia, a sua revolta contra o que pensavam e diziam, na época, sobre os artistas, sobre a arte. Revela toda a sua antipatia pela mediocridade com que a arte era tratada.

Diz que "não existe livro moral nem imoral. Os livros são bem ou mal-escritos. Eis tudo".

"O artista é criador de coisas belas. Não há artista doentio. O artista pode exprimir tudo."

"Toda arte é ao mesmo tempo aparência e símbolo."

"A arte reflete o espectador, e não a vida."

Essas são algumas palavras que estão no prefácio de Oscar Wilde para o seu romance. Romance que lhe deu oportunidade de colocar nos lábios e nos sentimentos dos personagens todas as coisas que ele próprio gostaria de dizer da e à sociedade do seu tempo.

Clarice Lispector

Lorde Henry Wotton e seu amigo, o pintor

O perfume das rosas impregnava o estúdio. A leve aragem do verão misturava, no jardim, o aroma forte dos lilases com o cheiro suave das flores do espinheiro.

Recostado no canto do divã, lorde Henry Wotton fumava e se deliciava com tudo isso.

No centro da sala, em alto cavalete, via-se o retrato de um moço de extraordinária beleza. Tamanho natural. A poucos passos estava o próprio artista, Basil Hallward, contemplando sua obra. Um sorriso de satisfação iluminava-lhe as feições.

— É a sua obra-prima, Basil. A melhor coisa que você já fez — disse lorde Henry. — Naturalmente, ano que vem, vai mandar este quadro para uma exposição. Sem dúvida, para Grosvenor. A Academia é muito grande e vulgar demais. Enche tanto que não se consegue ver as telas nem as pessoas. Grosvenor é realmente o único lugar.

— Não tenciono mandá-lo a parte alguma — respondeu o artista.

— Não o mandará a parte alguma? Por quê, meu caro? São uns tipos curiosos os pintores! Fazem tudo neste mundo para ganhar fama. E, mal a têm, parece que se lhes pesa! Um retrato como este, na Inglaterra, o elevará muito acima dos artistas jovens daqui e fará os velhos morrerem de inveja... Se é que os velhos ainda são capazes de emoção.

— Pode rir de mim — respondeu o pintor. — Mas não exporei o quadro. Coloquei nele muito do meu eu.

O outro riu de fato.

— Eu sabia que esta seria sua reação, Harry. Mas eu disse a verdade.

— Não! Como colocou nele muito do seu eu? Juro, Basil, não o julgava tão vaidoso. Realmente não vejo semelhança alguma entre sua cara rude e sua cabeleira negra como carvão e este Adonis que me parece feito de marfim e pétalas de rosa. Sim, Basil, esse menino é um Narciso. E você... Bem, é claro que você tem uma expressão inteligente e outras coisas. Mas essa expressão inteligente desmancha a harmonia de qualquer rosto. O seu jovem amigo, cujo nome você nunca me disse, mas cujo retrato me enfeitiçou realmente, não pensa. Estou certo disso. É uma bela criatura sem miolos. Deveria estar sempre aqui, no inverno, quando não há flores para se olhar e, no verão, quando precisamos de coisas que nos refresquem as ideias. Não se iluda, meu caro amigo: você não se parece absolutamente com ele.

— Não me compreendeu, Harry — explicou o pintor. — É claro que não me pareço com ele, sei disso.

E creia: não gostaria de parecer. Parece que um destino mais cruel está reservado aos belos. O feio, o tolo têm, neste mundo, a melhor sorte. Vivem como todos nós deveríamos viver: sossegados, indiferentes, sem preocupações. Não causam a desgraça alheia nem são desgraçados por alheias mãos... Sua posição social e sua fortuna, Harry, a minha inteligência, a minha arte, valha o que valer, e a bela aparência de Dorian Gray... são dons dos deuses, pelos quais teremos os três de sofrer, de sofrer horrivelmente.

— Dorian Gray? É assim que ele se chama? — interrompeu lorde Henry interessado, aproximando-se do outro.

— É esse o nome dele, que eu não pretendia dizer-lhe.

— E por que não?

— Nem sei como explicar. Das criaturas de quem eu gosto muito, nunca digo o nome a outras pessoas. É como se me privasse de uma parte delas. Adoro o segredo. Acho que um pequeno segredo é capaz de tornar maravilhosa a vida de nossos dias. Acha-me tolo, não? Seja franco.

— Pelo contrário, Basil! Esquece que sou casado e que o encanto do casamento é justamente este: nunca abrir o jogo todo. É absolutamente necessária aos dois uma dose de ilusão.

E lorde Henry aproveitou para expor uma série de conceitos irônicos e irreverentes sobre a vida conjugal.

— Detesto esse seu modo de falar da sua vida conjugal, Henry. Aposto que é um ótimo marido. Parece que se envergonha de suas virtudes — falando, Basil Hallward ia se dirigindo para a porta que dava para o jardim.

— Você é extraordinário, Henry. Nunca diz uma coisa moral. Nunca pratica uma ação boa. Creio que este seu cinismo não passa de pose.

— Ser natural já é uma pose, a mais irritante que conheço — acrescentou lorde Henry jovialmente.

Saíram os dois para o jardim. Lá, depois de uns minutos de silêncio, lorde Henry olhou o relógio e disse:

— Tenho que ir, Basil. Mas antes quero que responda à pergunta que lhe fiz há pouco.

— Que pergunta?

— Quero que me explique por que não pretende expor o retrato de Dorian Gray. Mas quero o verdadeiro motivo.

— Eu lhe dei o verdadeiro motivo.

— Não, não deu. Disse-me que não o exporia porque havia colocado nesse quadro muito do seu eu. E isto é uma infantilidade!

— Harry, todo retrato pintado com sentimento retrata o artista e não o modelo. O modelo é apenas um pretexto. Não é ele que o artista revela. Eu diria que o pintor, na sua tela, se revela a si próprio. O motivo por que não tenciono expor este retrato é o receio de ter deixado nele o segredo da minha alma.

Lorde Henry riu e perguntou:

— Que segredo é esse?

— Gostaria de poder dizer-lhe. Desconfio que você não me entenderia nem me acreditaria.

— Estou certo de que o entenderei. Quanto a acreditar, sou capaz de acreditar em tudo, desde que seja coisa absolutamente incrível.

— É simplesmente isto — disse afinal o pintor. — Há dois meses, fui a uma recepção, em casa de lady Brandon. Você sabe que nós, os pobres artistas, temos de aparecer, de vez em quando, na sociedade, nem que seja para lembrar ao público que, afinal de contas, não somos selvagens. Você mesmo me disse, uma vez, que, de casaca e gravata branca, até um corretor pode ganhar nome na sociedade. Pois bem: depois de alguns minutos de conversa sem graça, tive a sensação de que alguém me observava. Reparei e vi Dorian Gray pela primeira vez. Foi um choque quando nossos olhares se cruzaram. Você me conhece. Sabe que sou, por natureza, independente. Senhor de mim mesmo. Mas fui assim até conhecer Dorian Gray. Realmente, não sei como lhe explicar. Sei apenas que pressenti: estava face a face com alguém cuja personalidade, tão simples mas tão fascinante, poderia me atrair, envolver e absorver-me inteiramente a alma e até a arte. Tive vontade de fugir dali porque pressentia que aquela amizade me traria alegrias e tristezas indizíveis. E procurei a saída. Infelizmente esbarrei com lady Brandon. Não consegui livrar-me dela. Apresentou-me a todos como o seu mais caro amigo.

— E o mocinho maravilhoso? — perguntou lorde Henry vivamente interessado.

— Eu, sem dar pelo que fazia, pedi a lady Brandon que mo apresentasse. Seria algo inevitável, conforme disse Dorian, mais tarde. Estávamos destinados a encontrar-nos. Ficamos logo amigos. Rimo-nos os dois quando lady Brandon tentava lembrar-se o que fazia Dorian... se tocava violino ou piano... ou não fazia nada...

— O riso não é mau princípio, nem fim lamentável para uma amizade — sentenciou o jovem lorde com ironia.

—Você não entende de amizade nem de inimizade, Harry. É amigo de todos, quer dizer: todos lhe são indiferentes.

— Que injustiça! Eu bem que estabeleço diferença entre as pessoas. Escolho meus amigos pelo belo aspecto, os conhecidos pelo bom gênio e os inimigos pela inteligência. Meus inimigos têm que ser de certo nível intelectual. Só assim eu os obrigo a me apreciarem. É uma vaidade minha, não acha?

— Estou para dizer que sim, Harry. Mas, de acordo com sua classificação, eu devo ser apenas um conhecido.

— É muito mais do que um conhecido, meu velho!

— E muito menos do que um amigo. Uma espécie de irmão, suponho.

— Não. Não simpatizo muito com parentes. Talvez porque seja difícil suportar pessoas com defeitos iguais aos nossos — e prosseguiu, expondo uma série de ideias que Basil sabia nada terem de sinceras nem de acordo com o modo de agir do amigo.

— Não concordo com uma palavra de tudo o que disse, Harry. E estou certo de que você também não concorda.

— Ora, o valor de uma ideia nada tem a ver com a sinceridade do indivíduo que a exprime. A verdade é que, quanto menos sincero é o indivíduo, mais puramente intelectual deve ser a ideia, porque não a influenciam os desejos, nem os preconceitos, nem os interesses desse indivíduo. Seja como for, não quero discutir com você política, sociologia ou metafísica. Prezo as pessoas mais do que os princípios e as pessoas sem princípios mais do que tudo neste mundo. Fale-me mais a respeito do sr. Dorian Gray. Veem-se frequentemente?

— Todos os dias. Eu não me sentiria feliz se não o visse diariamente. Ele me é necessário.

— Incrível! Sempre pensei que você só se interessasse por sua arte!

— Ele, agora, é para mim a minha arte — disse sério o pintor. — Às vezes, Harry, parece-me que só há duas épocas importantes na história do mundo: a primeira é o aparecimento de um instrumento novo para a arte; e a segunda, a aparição de uma personalidade nova, também para a arte. Dorian Gray é, para mim, muito mais que um modelo vivo. A personalidade desse moço sugeriu-me uma nova modalidade de estilo. Vejo as coisas de outra maneira. Posso agora criar de novo a vida, sob um aspecto que, antes, me ficava oculto. A simples presença desse garoto... Você avalia isso? Ele define para mim as linhas de uma nova escola. A harmonia da alma e do corpo... que coisa estupenda! Nós, na nossa loucura, a desmembramos. Inventamos um realismo que é vulgar, um idealismo que é vazio. Harry! Se você soubesse o que Dorian Gray é para mim!

— Continue, quero ouvir tudo.

— Basta que ele esteja a meu lado para me transmitir uma influência sutil e eu passo a ver nas coisas mais banais a maravilha que sempre andei procurando, sem encontrar.

— Isso é extraordinário, Basil! Preciso ver Dorian Gray!

O pintor levantou-se e pôs-se a andar de um lado para o outro, preocupado. Depois de algum tempo, dirigiu-se ao amigo:

— Harry, para mim, Dorian Gray é simplesmente um assunto de arte. Você não perceberia nada nele. Eu vejo tudo. É, como já lhe disse, a sugestão de novas linhas para o meu trabalho.

— Então por que não quer expor o retrato?

— Porque, inconscientemente, coloquei neste quadro a expressão dessa idolatria artística. Ele não sabe disso. E nunca saberá. Mas o mundo poderia adivinhar, e não me agrada ver minha alma desnuda diante de olhos curiosos. Há muito de mim neste retrato, Harry... Há demais!

— Os poetas não têm os seus escrúpulos, Basil. Eles sabem que a paixão é boa propaganda. Um coração ferido por amor pode render muitas edições!

— Detesto tudo isso! Acho que o artista deve criar o belo. Sua vida deve ficar fora de suas criações. Vivemos num tempo em que os homens tratam a arte como uma forma de autobiografia. Perdemos a noção abstrata do belo.

— E Dorian Gray tem-lhe amizade?

— Dorian gosta de mim. É amável comigo. É só. Sinto que entreguei minha alma a alguém que a trata como se ela fosse apenas um enfeite para um dia de verão.

— Os dias de verão são longos, Basil. Talvez você se canse mais depressa do que ele. É triste, mas o gênio dura mais do que a beleza. Um belo dia seu amigo há de lhe parecer menos perfeito. Você irá achando defeitos nele. Passará a tratá-lo com frieza e indiferença. É pena, porque isso que você me contou é um romance. Um romance de arte, digamos. E a pior consequência de um romance de qualquer gênero é ele nos deixar tão desromantizados.

— Não diga isso, Harry. A personalidade de Dorian Gray me dominará enquanto eu viver. Você é inconstante, não pode sentir o que eu sinto.

— É por ser inconstante que eu penso assim. Os que são fiéis só conhecem o lado comum do amor. Só a infidelidade sabe das tragédias do amor.

Lorde Henry gostava de soltar essas frases e se satisfazia com o efeito delas. Era como se tivesse resumido o mundo numa única frase. Estava deliciado com o impacto que suas ideias causavam no espírito do pintor. Sabia que Basil estava apavorado. Com medo de que ele, algum dia, influenciasse Dorian com suas ideias loucas. Isto o divertia intimamente. Lembrou-se, então, de que perdera um almoço na casa da tia para ter essa conversa com o pintor. E valera! Agora parecia que outra lembrança lhe fora despertada:

— Achei, Basil, achei.

— Que foi que achou, Harry?

— Onde ouvi o nome de Dorian Gray.

— Onde foi?

— Não faça essa cara, Basil! Foi na casa de minha tia, lady Ágata. Ela me disse que descobrira um rapaz maravilhoso que ia ajudá-la numa festa de caridade, no East End, e que se chamava Dorian Gray. Mas não disse que o menino era assim bonito. Falou-me de um moço sério e bom. Imaginei um cara de óculos, cabelos lisos, cheio de sardas e pés grandes. Ah, se eu soubesse que era o seu amigo!

— Não desejo que o conheça, Harry.

— Por quê?

— Não quero que o estrague. É uma natureza simples, pura e bela. Sua tia tinha razão.

Neste momento, o mordomo apareceu no jardim e anunciou:

— O sr. Dorian Gray está no ateliê, senhor.

— Agora vai ter de me apresentar! — exclamou lorde Henry, com uma risada.

— Diga ao sr. Gray para esperar, por favor, Parker. Irei em poucos instantes.

O mordomo inclinou-se e subiu a alameda.

— Harry, ouça bem: Dorian Gray é o meu melhor amigo. Não tente modificá-lo. Há muita gente, criaturas maravilhosas por aí... Vá procurar uma dessas. Pense bem: a minha vida de artista depende dele. Confio em você.

O outro sorriu. Tomou o braço do amigo e quase o arrastou para dentro.

Dorian Gray

Entrando, avistaram Dorian Gray. Estava sentado ao piano, de costas para eles, folheando as *Cenas da floresta*, de Schumann.

O rapaz, sem perceber a presença de lorde Henry, falou com petulância para o pintor:

— Estou farto de posar. Para que hei de querer um retrato meu, em tamanho natural?

À vista de lorde Henry, levantou-se:

— Desculpe, Basil. Pensei que estivesse sozinho.

— Este é lorde Henry Wotton, Dorian. Um velho amigo meu, de Oxford. Eu estava justamente dizendo que você é um modelo raro. E você estragou tudo.

— Não me estragou o prazer de conhecê-lo, sr. Gray — falou lorde Henry, estendendo a mão. — Minha tia fala-me sempre do senhor. É um de seus favoritos, e creio que uma de suas vítimas também.

— Acredito que agora não estou muito nas graças de lady Ágata — disse Dorian. — Prometi ir com ela a certo clube, na terça passada. E esqueci-me. Íamos tocar três peças a quatro mãos. Que estará pensando de mim?

— Ah, eu darei um jeito nisso. Esqueça. Quando tia Ágata se senta ao piano, faz barulho por duas pessoas.

Dorian achou graça.

Enquanto isso, o lorde o observava. Era, na verdade, belo. Lábios finos, vermelhos, olhos azuis de expressão franca, sobretudo a expressão. Tamanha pureza, tanta mocidade! Via-se bem que o mundo ainda não o atingira com a sua torpeza. Era fácil entender por que Basil o adorava.

— É muito bonito para se meter em filantropia, sr. Gray... bonito demais — disse lorde Henry, sentando-se.

O pintor parecia distraído, preparando os pincéis, misturando as tintas. Às últimas palavras do amigo, olhou-o e disse:

— Harry, tenciono terminar hoje o quadro. Acha que eu seria grosseiro se o convidasse a retirar-se?

— Acha que devo retirar-me, sr. Gray?

— Não, por favor, não vá! Basil está rabugento hoje, e não o suporto assim. Além disso, quero que me diga por que não devo meter-me em filantropia.

— Não sei se devo explicar-lhe isso, sr. Gray. O assunto é longo. Claro que não me retirarei, se me pede que fique. Basil não me levará a mal, não?

— Se Dorian quer que você fique... Os caprichos dele são leis para todos.

Lorde Henry levantou-se para sair.

— É muito amável, Basil. Mas tenho que ir mesmo. Até breve, sr. Gray. Procure-me, pelas cinco horas estou sempre em casa.

— Basil — disse Dorian Gray —, se lorde Henry sair, eu também vou. Quando você pinta, não abre a boca. E eu, nesse estrado, tendo que sorrir. Peça-lhe que fique. Faço questão.

— Fique, Harry, como um favor a Dorian e a mim — disse o pintor. — Rogo-lhe que fique. E agora, Dorian, suba ao estrado e procure parecer alegre. Não se mova demais. Não preste muita atenção ao que diz esse camarada. Ele exerce uma influência nociva sobre todos os seus amigos. Menos sobre mim.

— É verdade, lorde Henry? Tão má é sua influência, como diz Basil?

— Boa influência é coisa que não existe, sr. Gray. Toda influência é imoral... do ponto de vista científico.

— Por quê?

— Porque influenciar uma pessoa é emprestar-lhe nossa alma. Essa pessoa deixa de ter ideias próprias, de ser natural. Tudo lhe vem de outrem. Qualidades, pecados, se é que existem... Torna-se o eco da música de outra pessoa.

Dorian ouvia atento.

E Henry continuou:

— A finalidade da vida é, para cada um de nós, o aperfeiçoamento. A realização plena da personalidade. Hoje, cada qual tem mais medo de si próprio. Esquece o maior dos deveres — o dever que tem para consigo mesmo. O homem é caridoso. Alimenta o faminto, veste o nu. Mas sua alma é que sofre fome e anda nua. Hoje o que nos governa é o temor da sociedade, base da moral, e o temor de Deus, base da religião...

O pintor interrompeu para que o modelo mudasse de posição. Agora via nele uma expressão desconhecida...

E lorde Henry prosseguiu, com voz grave e melodiosa:

— O mais valoroso dos seres humanos tem medo de si mesmo. O homem devia viver plenamente sua vida. Todo impulso que sufocamos, em nós, nos envenena. Peque o corpo uma vez e estará livre de pecado, porque a ação tem um efeito purificador. A única maneira de se livrar de uma tentação é ceder-se-lhe. Resistamos e nossa alma adoecerá de desejo do que proibimos a nós mesmos. A renúncia nos estraga a vida. Dizem que os grandes acontecimentos do mundo ocorrem no cérebro. O senhor mesmo, sr. Gray, com sua juventude cor-de-rosa, sua adolescência de rosa e leite, teve pensamentos que o encheram de pavor. Teve, acordado ou dormindo, sonhos cuja lembrança o faz corar de vergonha...

— Basta! — gritou Dorian Gray. — Basta! O senhor espanta-me. Há resposta para tudo o que disse, mas não a encontro. Deixe-me pensar. Ou melhor: deixe-me ver se consigo não pensar.

E ficou imóvel. Por uns minutos, com um estranho brilho nos olhos.

Estaria sofrendo uma influência? Mas o que se agitava no seu íntimo parecia provir dele próprio.

As palavras do outro tinham-lhe tocado uma corda secreta.

Só a música o agitava assim. Mas a música não lhe mostrava um mundo novo... Palavras! Simples palavras! Que magia possuíam até o ponto de dar forma plástica a coisas informes! Que é que pode ser tão real como as palavras?

Sim, havia coisas de sua adolescência que só agora faziam sentido. A vida tomava um colorido vivo. Era como se estivesse caminhando através do fogo. Como não o percebera antes?

Lorde Henry observava-o, sorrindo. Malicioso. Maldoso. Sabia que estava no momento do efeito. Sabia qual o momento exato em que devia ficar em silêncio. Soltara uma seta. Estava certo de que dera no alvo. Esse rapaz era uma fascinação!

Basil nada notara. A pintura o absorvia.

— Estou cansado, Basil — disse Dorian, de repente. —Vou ao jardim, refrescar-me.

— Desculpe, meu caro. Você esteve perfeito. Nunca posou melhor. Eu captei o que procurava: a luz dos seus olhos, seus lábios entreabertos. Não sei o que Harry lhe andou dizendo. Sei que o fez tomar uma expressão maravilhosa. Mas não acredite em uma palavra do que ele diz.

— É, não acredito em uma palavra do que ele me disse.

— Sabe perfeitamente que acredita — disse lorde Henry, pousando no jovem os olhos sonhadores. — Vamos ao jardim. Está quente aqui. Mande-nos refrescos, Basil.

— Pois não, Harry. Toque a campainha e peça o que quiser. Vou trabalhar um pouco este fundo. Podem ir. Depois irei até lá. Hoje estou em boa forma para pintar! Isto, como está, já é minha obra-prima...

Lorde Henry saiu para o jardim. Encontrou Dorian aspirando o perfume dos lilases.

— Faz muito bem, rapaz. Este é um dos grandes segredos da vida: curar a alma pelos sentidos e os sentidos por meio da alma. Você é uma criatura maravilhosa. Sabe mais do que pensa que sabe. E sabe menos do que desejaria saber.

Dorian olhou-o. Simpatizava com o moço alto e elegante que era lorde Henry. Rosto romântico, de expressão cansada. E a voz! Impressionante. Grave e melodiosa. Exercia uma espécie de fascinação. As mãos, brancas e frescas como flores, tinham um encanto especial. Mas este homem perturbava-o.

— Sentemo-nos à sombra — propôs lorde Henry. — Expondo-se ao sol, ficará queimado, e Basil não poderá pintá-lo.

— Isto não tem importância.

— Tem muita, sr. Gray.

— Por quê?

— Porque o senhor é um prodígio de mocidade. Pode não dar importância à aparência agora. Mas um dia, quando estiver velho, enrugado e feio... Quando o pensamento lhe trouxer vincos à testa... as paixões lhe tiverem queimado os lábios com seu fogo detestável... saberá o valor de tudo isso que tem hoje. O senhor é belo. Para mim, a beleza é a maravilha das maravilhas. Só os espíritos fúteis não julgam pelas aparências. O verdadeiro mistério do mundo é o visível, e não o invisível... Sim, sr. Gray. Os deuses lhe foram propícios. Mas, assim como dão, eles tiram. O senhor dispõe só de alguns anos para viver deveras, plenamente, perfeitamente. Quando a mocidade passar, a beleza ir-se-á com ela. Então o senhor descobrirá que já não o aguardam tantos triunfos. Só lhe restam pequenas vitórias. Ou recordações. Passadas e amargas. O senhor perderá a cor. O olhar será tristonho. As faces, encovadas. Portanto, dê valor à sua mocidade, enquanto a tem. Viva a vida maravilhosa que tem em si! Procure sempre sensações novas. Não tema nada. Não há nada no mundo que o senhor não possa fazer com a sua personalidade. O mundo é seu por uma temporada. Mal o vi, pensei logo: que pena se ele não aproveitar essa mocidade. Logo murchará. As flores do campo murcham, mas logo mais estão de novo viçosas... Nós não temos outra chance. E nada há no mundo senão a mocidade!

Dorian Gray escutava. Olhos muito abertos, pensando. De repente, o pintor apareceu à porta e os chamou:

—Venham, estou esperando. A luz agora está perfeita aqui. Tragam os refrescos.

Os dois levantaram-se.

Henry encarou Dorian:

— Está contente de ter me conhecido, sr. Gray?

— Sim, neste momento. Gostaria de saber se será sempre assim.

— Sempre! Essa palavra me dá arrepios! As mulheres gostam de usá-la. Estragam tudo com o sempre. Palavra sem sentido, aliás. A diferença entre um capricho e uma paixão eterna é que o capricho dura um pouco mais.

Entrando no estúdio, Dorian falou:

— Seja nossa amizade um capricho, então.

Voltou ao estrado. Retomou a pose.

Lorde Henry afundou numa poltrona de vime e se pôs a contemplá-lo.

Ficaram os três em silêncio. O único ruído era o vaivém do pincel na tela.

De repente, Basil parou de pintar. Afastou-se um pouco e olhou longamente para Dorian Gray. Depois demorou os olhos no retrato, franzindo a testa.

— Está pronto! — falou, afinal.

Assinou com letras grandes o seu nome no canto inferior esquerdo da tela.

Lorde Henry levantou-se e examinou o quadro. Uma estupenda obra de arte.

— Felicito-o, Basil. É o mais belo retrato dos tempos modernos. Venha ver-se, sr. Gray.

— Está pronto, realmente? — perguntou, como se tivesse despertado de um sonho.

— Pronto — respondeu o artista. — Sou-lhe grato porque posou maravilhosamente hoje.

— Graças inteiramente a mim. Não é, sr. Gray? — perguntou lorde Henry.

Dorian não respondeu. Dirigiu-se para onde estava o quadro. Ficou admirando-o com uma luz diferente nos olhos. A noção da beleza dominava-o agora. Como nunca. E pensou em tudo o que ouvira de lorde Henry no jardim. Na breve duração da beleza, da mocidade. Cedo, ele estaria diferente, deformado, hediondo, grotesco. Uma dor lancinante trespassou-o como uma punhalada. Seus olhos se encheram de lágrimas.

— Não lhe agrada? — perguntou Basil.

— Agrada-lhe, naturalmente — falou lorde Henry. — Mas terá que ser meu.

— Não posso desfazer-me dele, Henry. O quadro não é meu.

— De quem é, então?

— De Dorian Gray — respondeu o pintor.

— Homem de sorte!

— Que tristeza! — falou Dorian. — Eu ficarei velho, feio, horrível. Mas este retrato se conservará eternamente jovem. Se fosse o contrário! Por esse milagre eu daria tudo, até a alma!

— Eu me oporia a isso — disse o pintor.

— Acredito, Basil. Para você não passo de uma figura. Mas por quanto tempo gostará de mim? Sei agora que, perdendo a bela aparência, perderei tudo. No mundo só a mocidade vale. Lorde Henry está certo. O quadro me confirma isso. Quando achar que estou envelhecendo, suicidar-me-ei.

Basil ficou aterrado!

— Dorian! Não diga isso! Nunca tive um amigo como você. Nem terei. Nunca haverá nada nem ninguém de quem eu goste mais do que você.

— Tenho inveja das coisas cuja beleza não morre. Tenho ciúme do retrato que você fez de mim. Se o retrato mudasse e eu fosse sempre o que sou agora!

Enterrou o rosto nas almofadas, como se estivesse rezando.

— Isto é obra sua, Henry — disse Basil.

— É o verdadeiro Dorian Gray. Apenas isso.

— Não é, não. Vocês me fazem abominar o meu trabalho mais perfeito. Vou destruí-lo.

Dorian levantou-se. Viu o pintor apanhar a espátula para raspar a tela...

Dorian pulou do sofá e impediu-o de tocar no quadro:

— Não, Basil, não! Seria um crime. Este retrato é parte de mim mesmo. E me pertence.

— Pronto, sr. Gray. Parece que hoje começa a viver. Iremos todos ao teatro logo à noite — disse lorde Henry, triunfante.

— Eu não posso — falou Basil. — Tenho muitas coisas a fazer.

— Nesse caso iremos nós dois, sr. Gray.

— Que maravilha!

— Não vá ao teatro, Dorian. Fique para jantar comigo.

— Não posso. Já prometi a lorde Henry que iria com ele.

— Peço-lhe que não vá, Dorian.

O rapaz balançou a cabeça e sorriu.

— Tenho de ir, Basil.

— Está bem. Venha ver-me amanhã. E, Harry, confio em você. Pense no que lhe disse hoje pela manhã.

— Quem me dera confiar em mim! Vamos, sr. Gray. Até breve, Basil.

A porta fechou-se atrás deles. O pintor deixou-se cair no sofá, com uma expressão de dor estampada no rosto.

A força de lorde Henry

No dia seguinte, logo após o meio-dia, lorde Henry ia em visita ao tio, lorde Fermor. Velho solteirão, rico, dedicava-se ao estudo profundo da arte de não fazer nada.

Logo que viu o sobrinho, calculou que ali fora em busca de dinheiro.

— Não, não quero dinheiro — foi dizendo lorde Henry. — Só precisam dele os que pagam suas contas, tio Jorge, e eu não pago as minhas. Venho em busca de informação. Informação inútil.

— Bem, posso dizer-lhe tudo o que há em um *Livro azul inglês*. Vamos lá.

— O sr. Dorian Gray não figura no *Livro azul inglês*, tio Jorge.

— O sr. Dorian Gray? Quem é?

— É o que vim saber, tio Jorge. Ou melhor, eu sei quem é. É o neto de lorde Kelso. A mãe era lady Margareth Devereux. Quero saber a respeito dela. Como era? Com quem se casou?

— O neto de Kelso... — repetiu o solteirão, tentando lembrar-se. — Naturalmente... Conheci intimamente a mãe. Moça de extraordinária beleza. Enlouquecia os homens. Fugiu com um joão-ninguém. Foi morto em duelo. Dizia-se que Kelso pagara alguém para insultar o genro em público. E o pobre foi espetado como um pombo. A história foi abafada. Pouco depois a menina também morria. Dentro de um ano, mais ou menos. Então deixou um filho? Como é o rapaz? Se for como a mãe, deve ser muito bonito.

— É muito bonito — afirmou lorde Henry.

— Espero que tenha caído em boas mãos. Terá muito dinheiro, se Kelso portar-se bem com ele. A mãe também tinha bens próprios. Coube-lhe a propriedade de Selby, herança do avô, que detestava Kelso. De fato, não era boa coisa.

Depois de uns minutos mais de conversa com o tio, lorde Henry agradeceu e despediu-se, pretextando estar atrasado para um almoço.

— Obrigado pela informação, tio Jorge. Até breve.

— Onde almoça hoje, Harry?

— Em casa de tia Ágata. Ela me convidou com o sr. Gray. Ele é o seu favorito mais recente.

Dirigindo-se para a casa da tia, ia pensando... O parentesco de Dorian. Uma bela mulher arriscando tudo por uma paixão cega. Tudo muito romântico. A morte do pai, o nascimento de Dorian, a morte da mãe. A criança sozinha. Tudo isso dava mais encanto a esse jovem... Lembrava-se do jovem, no jantar da véspera. Encantado! Influenciar alguém é um exercício empolgante. Nenhuma outra atividade se lhe assemelha. Projetar nossa alma em outro ser é deixá-la ficar ali e receber o eco de nossa maneira de ver... é uma verdadeira alegria. Nesse jovem Gray, com sua inocência, poderia ser plasmado um tipo maravilhoso... Sim, ele tentaria ser para Dorian Gray o que Dorian Gray era para o pintor que o retratara naquele quadro estupendo. Procuraria dominá-lo. Na verdade, já o estava conseguindo...

Lorde Henry chegou atrasado ao almoço de sua tia. Apresentou uma desculpa banal. Do outro lado da mesa, Dorian fez-lhe um aceno. Várias pessoas de diferentes idades estavam presentes. Lorde Henry conversou brilhantemente, sempre com a mesma intenção: deslumbrar o jovem Gray.

Os assuntos eram os mais variados.

Até que lady Ágata dirigiu-se a ele, em tom de repreensão:

— Oh, Harry, estou de mal com você! Por que tenta convencer nosso gentil Dorian Gray a não ir ao East End? Ele seria um auxiliar inestimável. A sua música seria muito apreciada.

— Quero que ele toque para mim — replicou lorde Henry, sorrindo.

— Mas há tanta miséria por lá! — acrescentou lady Ágata.

— Posso ser solidário com tudo, menos com o sofrimento — disse lorde Henry, encolhendo os ombros. — Tenho-lhe aversão. O sofrimento é hediondo, horrível. O que se deve estimular é a cor, o belo, a alegria de viver. Quanto menos referências às tristezas da vida, melhor.

E foi por aí dizendo coisas irreverentes e irônicas sobre o trabalho da tia. No mesmo instante sentiu que já influenciara vivamente alguns. Animado por isso, continuou. Brincava com a ideia. Arremessava-a ao ar. Transformava-a. Fantasiava-a. Deixava-a escapar e tornava a capturá-la. Fazia do elogio da loucura uma filosofia.

No meio disso tudo, sentia os olhos de Dorian Gray fixos nele. Ouvia-o como se estivesse dominado por algum encantamento.

O sucesso de lorde Henry foi tal que, ali mesmo, recebeu de uma das convidadas o convite para um jantar. Achara-o encantador.

Quando os convidados já se retiravam, um deles, íntimo de sua tia Ágata, o sr. Erskine, dirigiu-se a ele:

— Escute, meu caro lorde Henry, posso perguntar-lhe se crê realmente no que nos disse ao almoço?

— Esqueci totalmente o que disse — respondeu lorde Henry, sorrindo. — Seria tão mau assim?

— Muito mau, de fato. Considero-o extremamente perigoso. Se acontecer alguma coisa à duquesa, nós o consideraremos o principal responsável.

— Mas que disse eu à sra. Duquesa?

— Simplesmente aconselhou-a a remoçar, praticando algum erro que houvesse cometido na juventude. Disse-lhe que, para voltarmos à mocidade, basta-nos repetir as nossas loucuras. E outras coisas mais. E o pior é que ela se propôs pôr tudo em prática... Bem, mas eu gostaria de conversar com o senhor sobre a vida. Algum dia, quando estiver cansado de Londres, venha a Treadley e exponha-me a sua filosofia do prazer. Tenho lá um raríssimo Borgonha.

— Muito obrigado. Será um privilégio.

— E agora vou despedir-me de sua tia. Tenho que ir ao Ateneu. É a hora em que lá "ferramos" no sono.

— Todos, sr. Erskine?

— Todos. Quarenta, em quarenta poltronas. Estamos treinando para a Academia Inglesa de Letras.

Lorde Henry sorriu e levantou-se.

— E eu vou ao parque.

Dorian Gray, já à saída, tocou-lhe o braço e pediu:

— Permite que eu vá com o senhor?

— Mas você não prometeu ir ver Basil Hallward?

— Prefiro ir com o senhor. Consinta. E prometa falar o tempo todo. Ninguém sabe dizer as coisas maravilhosas que o senhor diz.

— Oh, já falei demais por hoje — respondeu lorde Henry, sorrindo. — O que eu quero agora é olhar a vida. Venha e observe-a comigo, se faz questão.

Dorian Gray busca sensações novas

Passara-se um mês.

Uma tarde, Dorian Gray estava recostado em uma confortável poltrona da pequena biblioteca de lorde Henry, à espera de que este chegasse.

Como sempre, atrasado. Atrasava-se até por princípio, conforme dizia. A pontualidade é ladra de tempo.

Nessa espera, já folheara várias encadernações preciosas do amigo. Afinal ouviu passos. E a porta abriu-se.

— Está atrasado, lorde Henry — comentou o moço.

— Desconfio de que não seja Harry, sr. Gray — respondeu-lhe uma voz fina.

Dorian desculpou-se.

— Pensou que fosse o marido. É apenas a mulher. Eu me apresento. Quanto ao senhor, conheço-o por fotografias. Harry tem umas 18... Também já o vi com Harry, noite atrás, na ópera.

— Na noite do *Lohengrin*, não, lady Henry?

— Sim, na noite do meu querido *Lohengrin*. Adoro Wagner, sr. Gray. Faz tanto barulho a sua música que é possível conversar o tempo todo, sem que ninguém se volte para olhar-nos. Uma vantagem, não acha, sr. Gray?

Dorian discordou, sorrindo:

— Perdoe-me. Não sou de sua opinião. Eu não converso quando se faz música. Pelo menos quando se faz boa música. Quando é ruim, é nosso dever abafá-la...

— Ah, uma das ideias de lorde Henry, não, sr. Gray? Eu as ouço repetidas pelos seus amigos. É um meio de chegar a conhecê-las...

Dorian examinava a moça. Era uma criatura singular. Chamava-se Vitória e tinha mania de visitar igrejas.

— Mas, aí está Harry — falou ela de repente. — Vim até aqui à sua procura, Harry, mas já me esqueci para quê. Encontrei o sr. Gray. Falamos sobre música. Temos as mesmas ideias. Não, as nossas ideias diferem. Mas já estou saindo. Foi um prazer conhecê-lo, sr. Gray.

Despediu-se e saiu. Lorde Henry fechou a porta.

Sentou-se num sofá e disse a Dorian:

— Nunca se case com uma mulher de cabelos cor de palha.

— Por quê, Harry?

— São sentimentais!

— Mas eu gosto das pessoas sentimentais.

— O melhor é não casar, Dorian. O casamento é só decepção.

— É pouco provável que eu me case. Estou muito apaixonado.

— Apaixonado por quem?
— Por uma atriz — disse Dorian, corando.
— Quem é ela?
— Sibyl Vane.
— Nunca ouvi esse nome.
— Ninguém ouviu. Mas há de ouvir um dia. Ela é um gênio.
— Meu filho, mulher nunca é um gênio. As mulheres são um sexo decorativo. Nunca têm nada a dizer, mas falam que é um encanto. Representam o triunfo da matéria sobre o espírito. Exatamente como os homens representam o triunfo do espírito sobre a moral...
— Harry, você me assusta!
— Não faça caso. Há quanto tempo a conhece?
— Há umas três semanas.
— Onde a encontrou?
— Eu lhe contarei tudo. Mas não ria. Depois daquele nosso primeiro encontro, você me despertou um desejo frenético de conhecer a fundo a vida. Alguma coisa ficou latejando nas minhas veias. Uma noite saí em busca de aventura, de sensações novas. Não sei o que pretendia pesquisar. Você me dissera que a pesquisa do belo é o verdadeiro segredo da vida. Saí. Andei a esmo. Praças sem gramado, vielas escuras. Os piores lugares. Até que passei por um teatrinho de terceira classe, dirigido por um judeu horrível. Levavam *Romeu e Julieta*. Não sei por quê, entrei. Foi aí que conheci uma menina.

Uns 17 anos. Um rostinho de flor. A criatura mais linda que já vi. E a voz! A sua voz, Harry, e a de Sibyl Vane são duas impressões que nunca esquecerei. E eu a amo, Harry. Ela é tudo para mim na vida. Vou lá vê-la todas as noites. Por que não me diz, Harry, que só vale a pena amar uma atriz?

— Porque amei muitas delas, Dorian...

— Antes eu não lhe falasse de Sibyl Vane!...

— Não poderia deixar de falar, Dorian. Pela vida afora, você me informará sempre de tudo o que fizer.

— Sim, Harry, creio que tem razão. Se eu cometesse um crime, eu o confessaria a você.

— Os seres de sua espécie — os sóis caprichosos da vida — não cometem crimes.

— Oh, Harry, quero que você e Basil a conheçam. Que a vejam representar. Quero tirá-la daquele teatro. E a levarei ao West End, para que se apresente com decência. Sibyl encantará a todos, como me encantou.

— E quando iremos?

— Amanhã, no Bristol.

— Perfeito. Às oito. Eu levarei Basil.

— Às oito, não, Harry, por favor. Às seis e meia. Quero que a vejam quando ela conhece Romeu, no primeiro ato.

— Que hora! É o mesmo que servir chá com carne! Ninguém que se respeite janta antes das sete.

— Não se esqueça. Amanhã. Agora me vou. Até lá...

Dorian saiu. Lorde Henry ficou de olhos fechados, refletindo. Pouca gente o impressionara tanto quanto aquele jovem. A adoração do rapaz por outra pessoa não o contrariava. Alegrava-o, até. Tornava o estudo mais interessante. A vida humana: eis a única coisa que vale a pena pesquisar. Dorian era criação sua. Estava orgulhoso. Sabia que havia sido por palavras suas, ditas em tom melodioso, que Dorian caíra em adoração por Sibyl. Esse rapaz era precoce. Os seres vulgares esperam que a vida lhes desvende seus segredos. Mas aos eleitos os mistérios da vida são revelados, antes de se erguer o véu. Dorian era perfeito! Belo de corpo e de alma. Nascera para ser adorado, não importava como acabaria.

Corpo e alma, alma e corpo — que dupla misteriosa! Há animalismo na alma. E o corpo tem seus momentos de espiritualidade. A separação entre o espírito e a matéria é um mistério; como é um mistério a união do espírito com a matéria.

Lorde Henry convencia-se, cada vez mais, de que o método experimental é o único pelo qual se pode chegar a uma análise científica das paixões. E Dorian Gray estava aí, prometendo resultados ricos e proveitosos. A sua paixão por Sibyl Vane não passava mesmo da ânsia de experiências novas.

Enquanto lorde Henry se entregava a esses pensamentos, bateram à porta. Era o criado para avisar-lhe que era hora de vestir-se para o jantar. Ele levantou-se e olhou a rua. O céu era rosa-claro com reflexos dourados, agora ao sol poente. Henry pensou no seu jovem amigo. Sua vida colorida e cheia de impulsos. Perguntou a si mesmo como iria terminar.

Às duas e meia da madrugada, quando voltou para casa, viu um telegrama na mesa do hall.

Era de Dorian Gray, que lhe participava o seu noivado com Sibyl Vane.

O amor de Dorian Gray

— Mamãe, sou tão feliz! — falou a jovem, recostando a cabeça no ombro da mulher pálida e cansada. — Sou muito feliz, e tu também deves estar contente.

Na salinha pobre, a mulher estava sentada, de costas para a luz. Uma única poltrona, e ali estavam mãe e filha.

— Feliz! — repetiu, como um eco. — Eu só me sinto feliz, Sibyl, quando te vejo em cena.

— Agora parece, mamãe, que vou me livrar do sr. Isaac!

— Lembre-se, Sibyl, o sr. Isaac tem sido bom para nós. Emprestou-nos as cinquenta libras de que precisávamos para pagar as dívidas e comprar as coisas de que James necessitava.

— O sr. Isaac não é um homem educado. Não gosto do modo como me trata.

— É, mas não sei o que seria de nós sem ele.

— Já não precisamos dele, mamãe. Quem nos governa a vida agora é o *Príncipe Encantador*.

A mãe chamou-a à razão. Que fosse sensata e pensasse um pouco. Há tão pouco tempo conhecia o jovem!

— Eu o amo — disse ela, simplesmente.

E fechou os olhos. E os ouvidos. Não precisava de nada. Bastava-lhe o seu *Príncipe Encantador*. O beijo dele queimara-lhe os lábios. E agora bastava apelar para a memória. Bastava mandar que sua alma o buscasse e sua alma o trazia de volta.

Aos poucos, a mãe se consolava. Sim, talvez esse moço fosse rico. Então valeria a pena o casamento.

E Sibyl falava exultante:

— Por que será que ele me ama tanto, mamãe? Que vê ele em mim? Não sou digna dele, eu sei. Mas não me sinto humilde. Pelo contrário, sinto-me orgulhosa.

— Minha filha, és muito nova para amar. Além disso, que sabes desse moço? Nem sequer o nome! Realmente, agora que teu irmão parte para a Austrália, tenho tantas preocupações, bem que poderias ter mais juízo. Ainda, se ele for rico...

A mãe apertou-a nos braços como se fosse uma criança e a quisesse proteger de algum perigo.

Neste momento, a porta abriu-se. Entrou um rapaz forte e bastante alto.

— Deverias guardar alguns beijos para mim, Sibyl — falou o irmão.

— Tu és um urso assustador e não gostas de beijos — respondeu ela, correndo para abraçá-lo.

— Vim buscar-te para um passeio, Sibyl. Desconfio de que não tornarei a ver esta Londres horrorosa. Gostaria de ganhar bastante dinheiro na Austrália para tirar mamãe e você do teatro. Detesto-o.

— Não diga isso, Jim — falou Sibyl. — Mas aonde vamos? Vamos ao parque?

— Estou malvestido para ir lá. Só os ricos vão ao parque.

— Tolice, Jim. Vou vestir-me e sairemos.

Sibyl saiu cantando e deslizando em passo de dança.

— As minhas coisas estão prontas, mamãe?

— Tudo pronto, James. Só espero que acertes e gostes dessa vida de marinheiro. Tu mesmo a escolheste.

— A senhora tem razão: eu mesmo escolhi a minha vida. Só espero que a senhora cuide bem de Sibyl. Não deixe que lhe aconteçam coisas desagradáveis, mãe. Ouvi dizer que um fidalgo vai todas as noites ao teatro e fala com ela nos bastidores. Que história é essa?

— Não é nada. Eu nem sei se ela gosta dele. É um perfeito cavalheiro. Tem aparência de homem rico, e as flores que manda são lindas.

— E a senhora não sabe o nome dele!

— Não. Ele ainda não disse. Mas sei que é da aristocracia.

— Olhe por Sibyl, mãe. Cuide dela.

— Ela está sempre sob minha guarda. Fique tranquilo. Ele é realmente notável.

Sibyl voltou, exclamando:

— Como estão sérios! Que houve?

— Nada, vamos.

Beijaram a mãe e saíram os dois. Formavam um estranho par que chamava atenção. Isso contrariava James. Sibyl nada percebia. O amor ao seu *Príncipe Encantador* tomava-a toda. E falava sobre tudo. Sonhava riquezas que o irmão descobriria na viagem. E Deus ajudaria para que ele voltasse, em pouco tempo, rico e feliz.

O irmão escutava-a, sem responder.

Depois conversaram um pouco sobre o moço apaixonado, sobre o namoro dos dois. Isto sim, o preocupava mais do que qualquer outra coisa.

Sibyl pediu-lhe que nada dissesse contra ele. Ela o amava, e isto era tudo.

— Mas precisamos saber o nome dele.

— Para mim chama-se *Príncipe Encantador*. Tu vais gostar dele. Sinto-o. E pena que não possas ir ao teatro esta noite. Ele vai. E eu vou ser Julieta. Que Julieta! Imagina, Jim: estar enamorada e ser Julieta! Acho que vou arrebatar todos. Amar é exceder-se a si próprio. E tudo eu devo a ele!

— Um aristocrata! — disse Jim, triste.

— Um príncipe! Que mais queres?

— O meu medo é que ele te escravize.

— E o meu é que me deixe livre.

— Guarda-te dele! Se ele te ofender, eu o matarei. Tão certo como Deus existe.

— És absurdo, Jim. E genioso. Mau e ciumento. Vence isso. Abranda o coração.

—Tenho 16 anos, Sibyl, e sei o que digo. Mamãe não te adianta muito. É incapaz de cuidar de ti. Juro que, se tudo já não estivesse pronto, não embarcaria mais.

Sibyl segurou-lhe o braço e exclamou:

— Esse garoto!

Pegaram o ônibus e voltaram à sua pobre casa. Sibyl tinha que descansar pelo menos duas horas antes do espetáculo.

Despediram-se no próprio quarto de Sibyl. Por insistência do irmão, a moça deitou-se. E ele desceu a escada com os olhos cheios de lágrimas.

A mãe o esperava embaixo. Jantou, enquanto as moscas rastejavam na toalha suja e zumbiam à volta da mesa.

Depois encarou a mãe e perguntou, sem nenhum rodeio:

— Mamãe, responda com franqueza. A senhora era casada com papai?

— Não — foi a resposta simples.

— Então meu pai era um patife?

—Teu pai não era livre. Eu sabia. Mas era um cavalheiro. Pertencia a uma família importante.

—Assim mesmo como Sibyl, não é? Veja se não deixa...

— Sibyl tem mãe. Eu não tinha.

Jim comoveu-se. Abaixou-se para beijá-la.

—Tenho que ir. Adeus. Lembre-se: de hoje em diante, só tem que cuidar de sua filha. E ouça bem: se esse homem a iludir, descobrirei quem é ele e matarei-o como a um cão. Juro pelo que há de mais sagrado!

Ele se foi. A mãe comentou com Sibyl, orgulhosa de toda aquela cena. E acrescentou que, mais tarde, ainda haveriam os três de rir dessa exaltação.

O noivado de Dorian Gray

Era a noite em que os três amigos iriam ver Sibyl Vane. Lorde Henry, acompanhando Basil Hallward, ocupou o compartimento reservado, onde a mesa já estava posta para três.

— Suponho que já saiba da novidade, não, Basil? — perguntou lorde Henry ao pintor.

— Não, Harry. Que novidade?

— Dorian Gray está noivo — disse o outro, prestando bastante atenção à expressão do amigo.

Basil assustou-se. Franziu a testa!

— Dorian, noivo? Impossível!

— É exato.

— De quem?

— De uma atrizinha ou coisa que o valha.

— Não creio. Dorian é muito sensato.

— Bastante sensato para não fazer tolices de vez em quando, meu caro Basil.

— Casamento não é coisa que se faça de vez em quando.

— Salvo na América. Mas eu não disse que ele se casou. Disse que está noivo. Há muita diferença.

— Pense na origem, na posição, na fortuna de Dorian... Seria absurdo procurar esposa tão abaixo de si.

— Se você disser isso a ele, justamente isso, ele se casará na certa.

— Espero que ela seja boa moça, Harry. Não gostaria de vê-lo amarrado a alguém que o degrade e lhe estrague a inteligência.

— Ela é mais do que boa, Basil. Ela é linda. Dorian diz que é maravilhosa. Acho que não se engana. Aquele retrato que você fez dele aguçou-lhe a faculdade de apreciar o belo. Mas nós vamos ver a pequena esta noite.

— Está falando sério?

— A não ser que ele esqueça o compromisso.

— Mas você aprova isso?

— Aprovar ou reprovar são atitudes absurdas para com a vida. Nunca interfiro no que fazem as pessoas simpáticas. Além disso, essa experiência tem valor. Diga-se o que se disser, o casamento é uma experiência. Sem dúvida. Espero que Dorian Gray se case com essa menina, que a adore apaixonadamente por seis meses e depois, da noite para o dia, apaixone-se por outra. Seria um maravilhoso objeto de estudo.

— Você não pensa nada disso que diz, Harry. Sabe que não. Você é muito melhor do que propaga ser.

Lorde Henry soltou uma risada.

— Claro que eu penso tudo o que digo. E desprezo profundamente o otimismo. Quanto a estragar a vida, não há vida estragada, salvo a que deixa de se desenvolver. O casamento seria absurdo. Mas há outros laços, e mais interessantes, entre os homens e as mulheres. Eu os favorecerei. Aí vem Dorian. Ele lhe dirá mais do que eu possa dizer.

— Felicitem-me, meus amigos! Nunca fui tão feliz! Acho que andei à procura disso a vida inteira.

— Faço votos para que sua felicidade seja duradoura, Dorian — disse Basil. — Mas não o perdoo por não me haver participado. E lembrou-se de prevenir Harry.

— Agora, vamos esquecer tudo e aprovar o que o novo cozinheiro-chefe da casa sabe fazer. Depois você nos contará como foi.

— Realmente não há muito a contar. Ontem à noite, depois que o deixei, Harry, fui jantar e daí fui ver Sibyl. Se vocês a vissem! Um encanto! É uma artista nata. Como representou! Terminado o espetáculo, fui falar com ela. Sentamo-nos um ao lado do outro. Nos olhos dela vi uma expressão que eu não conhecia. Beijamo-nos. Não sei descrever o que senti. Ela vibrava. Depois, dobrou os joelhos e beijou-me as mãos. Sinto que não devia contar-lhes isso. É que não posso calar. Naturalmente que nosso noivado é secreto. Nem a mãe foi informada ainda. Também não sei o que dirão os meus tutores. Dentro de um ano, serei maior e poderei fazer o que bem entender. Terei acertado, Basil, procurando o amor dentro da poesia e descobrindo uma esposa nas peças de Shakespeare?

— Sim, Dorian, creio que teve razão.

— Já a viu hoje? — perguntou lorde Henry.

Dorian fez sinal que não. Mas percebeu tudo o que o amigo tinha a dizer sobre o casamento. Todas as suas teorias. Que são sempre as mulheres que propõem casamento, e não os homens que lhes pedem a mão. Percebeu e foi se adiantando:

— Não o levo a mal, Harry. Fale o que quiser. Eu amo Sibyl Vane. Vou colocá-la num pedestal de ouro. Quero ver o mundo adorar a mulher que é minha. A confiança de Sibyl torna-me fiel, bom. Junto dela lamento tudo o que você me ensinou. Já não sou o que você conheceu. Mudei. O simples contato da mão de Sibyl faz-me esquecer você e suas teorias falsas, fascinantes, perversas, deliciosas.

— Quais?...

— Oh, suas teorias sobre a vida, sobre o amor, suas teorias sobre o prazer... Em suma, as suas teorias, Harry.

— O prazer é a única coisa merecedora de que se lhe dedique uma teoria. Mas desconfio de que não serei o autor dela. Ela pertence à natureza, não a mim. O prazer é o teste da natureza. Seu sinal de aprovação. Quando somos felizes, somos bons. Mas, por sermos bons, nem sempre somos felizes.

— Mas que entende por bom? — perguntou Basil Hallward.

— Sim — continuou Dorian, encarando lorde Henry por cima das flores no centro da mesa. — Que entende por bom, Harry?

— Ser bom é estar em harmonia consigo mesmo — respondeu o interrogado. — A discordância está em sermos forçados a viver em harmonia com os outros. A nossa vida: eis o que importa. A vida alheia não é da nossa conta.

— Mas, meu amigo, quem viver só para si não pagará um preço terrível? — insinuou o pintor.

— Com que se paga, Basil?

— Com remorso, com sofrimento, com... sim, com a consciência da própria degradação.

Lorde Henry deu de ombros:

— Meu amigo, a arte medieval é deliciosa, mas as emoções medievais estão fora de moda. Pode crer que nunca um homem civilizado se arrependerá de um prazer, e nunca um bárbaro saberá o que é um prazer.

— Eu sei o que é o prazer — falou Dorian Gray. — É adorar alguém.

— O que é melhor do que ser adorado. Ser adorado é um tormento. As mulheres nos tratam como os homens tratam os deuses: adorando-nos para que façamos algo por elas — completou lorde Henry.

— Eu diria que qualquer coisa que elas peçam para si já nos haviam dado antes — observou Dorian pensativo. — A mulher cria o amor em nós. Tem o direito de exigir a retribuição.

— Grande verdade, Dorian, verdade absoluta — exclamou Basil.

— Não há verdade absoluta — contestou lorde Henry.

— Esta é. Deve admitir, Harry, que as mulheres nos dão o melhor de sua vida — acrescentou Dorian.

— É possível. Mas para exigirem em miúdos.

— Você é terrível, Harry. Não sei como eu o prezo tanto...

— E sempre me prezará... Há de gostar de mim sempre. Eu represento para você os pecados que nunca se animou a cometer.

— Quantos disparates! É melhor irmos ao teatro. Sibyl em cena mudará o seu ideal de vida.

—Vamos. Estou sempre disposto a mais uma emoção nova. Você vai comigo, Dorian. Desculpe, Basil: o carro só dá para dois. Você irá em outro carro.

Levantaram-se, vestiram os sobretudos e saíram. O pintor estava triste, silencioso e preocupado. Não aceitava aquele casamento. Dorian mudara. Nunca mais seria para ele o que fora no passado. Muita coisa se interpusera entre os dois.

O artista sentiu a vista turva. As luzes se baralharam ante os seus olhos. Quando saltou da carruagem, à entrada do teatro, sentia-se vários anos mais velho.

O primeiro crime

O teatro já estava superlotado quando os três amigos chegaram. O empresário judeu acolheu-os com um largo sorriso. Conduziu-os até a frisa. Basil distraía-se observando as caras na plateia. Lorde Henry parecia esforçar-se para ser agradável a Dorian. Fazia comentários favoráveis.

O calor era sufocante. Ouviam-se ruídos de toda espécie. Risadas de homens. Risadinhas femininas. Vozes desafinadas. Trocas de gracejos. Do bar, vinha o espocar das rolhas que saltavam.

— Que lugar para se descobrir uma deusa! — disse lorde Henry, divertido.

— Sim — respondeu Dorian —, aqui a descobri. E ela é a mais divina de todas as coisas vivas. Quando representa, faz esquecer tudo. Essa gente vulgar, grosseira, transfigura-se quando ela está no palco. Todos os olhos são para ela. Ela os espiritualiza. Faz deles o que quer. Chega-se a sentir que eles têm a mesma carne, o mesmo sangue que nós.

— A mesma carne e o mesmo sangue que nós! Espero que não! — protestou lorde Henry, percorrendo a galeria com seu binóculo de teatro.

— Não faça caso, Dorian — falou o pintor. — Eu o compreendo e confio nessa menina. Uma pessoa amada por você só pode ser maravilhosa. Se essa garota é capaz de dar alma aos que não a têm, de criar uma sensação de beleza nessas criaturas de existência sórdida, ela é digna da adoração do mundo inteiro, Dorian. Esse casamento me parece acertado. No princípio eu não pensava assim. Aprovo-o, agora. Foi para você que os deuses criaram Sibyl Vane. Sem ela você estaria incompleto.

— Obrigado, Basil — disse Dorian Gray, apertando a mão do artista. — Eu sabia que você compreenderia. Harry é tão cínico! Assusta-me! Mas aí está a orquestra. É horrenda. O que vale é que dura pouco. Depois, o pano se ergue e vocês vão ver aquela a quem vou dar a minha vida, a quem já dei tudo o que há de bom em mim.

Quinze minutos depois apareceu Sibyl Vane. Sim, de fato, era linda. E lorde Henry pensava: é uma das mais belas criaturas que já havia visto. Sob uma tempestade de aplausos, ela deu alguns passos. Basil Hallward levantou-se e aplaudiu.

Dorian olhava, imóvel, como em sonho. Lorde Henry examinava-a com o binóculo, murmurando:

— Adorável! Adorável!

A orquestra tocou uns compassos de música. A dança começou. No grupo desajeitado, malvestido, dos atores, Sibyl movia-se como uma criatura de um mundo diferente e mais belo.

Seu corpo ondulava na dança. Mas a atriz parecia apática. Não deu sinal de alegria quando seus olhos pousaram em Romeu. Os poucos versos que lhe cabia dizer soaram sem nenhuma vida ou expressão. A voz era linda, mas a entoação, falsa.

Dorian Gray empalidecia mais e mais, intrigado, ansioso. Sibyl parecia destituída de inteligência. Os três amigos se mostravam tristemente desiludidos. No entanto, o verdadeiro teste de Julieta era a cena do segundo ato. E esperavam por ela. Se falhasse, a atriz não valia nada.

E assim foi. O segundo ato acabou sob uma vaia clamorosa.

Lorde Henry levantou-se. Vestiu o sobretudo e disse:

— Ela é realmente linda, Dorian. Mas não sabe representar. Vamos.

— Eu fico até o fim — respondeu asperamente o rapaz. — Lastimo ter-lhes estragado a noite. Desculpem-me.

— Meu caro Dorian, creio que a srta. Vane está indisposta. Voltaremos outra vez.

— Antes estivesse! Desconfio de que é insensível e fria. Mudou muito. Ontem à noite era uma grande artista. Hoje não passa de uma atrizinha medíocre.

— Não diga isso de sua amada, Dorian. O amor é mais maravilhoso do que a arte.

— Esta e aquele são simplesmente formas de imitação — acrescentou lorde Henry. — Vamos, Dorian.

Não teime em ficar. Ademais, não creio que você queira manter sua mulher no palco. Sendo assim, que importa que ela represente Julieta como uma boneca de pau? Ela é adorável. Se souber tão pouco da vida como de representar, será uma experiência deliciosa. Só há, na realidade, duas espécies de criaturas fascinantes: as que sabem absolutamente tudo e as que não sabem absolutamente nada. Vamos. Não se entregue a emoções inconvenientes: este é o segredo da eterna mocidade. Venha conosco ao clube. Esqueça o resto. Sibyl é bela, que mais quer?

—Vá-se embora, Harry! Quero ficar sozinho, Basil. Vão, vão! Não percebem o meu sofrimento?

Dorian tinha lágrimas nos olhos. Retraiu-se para o fundo da frisa e escondeu o rosto entre as mãos.

—Vamos, Basil — disse lorde Henry, com uma emoção diferente na voz.

Saíram os dois.

Minutos após acenderam-se as luzes da ribalta e o pano ergueu-se para o terceiro ato. A peça arrastava-se. Foi o mesmo fracasso.

Os espectadores saindo todos. Um tropel de calçado grosseiro entremeado de risadas. O pano desceu. A peça terminou com a casa quase vazia.

Mal acabou a representação, Dorian apressou-se a entrar nos bastidores. Sibyl estava lá, sozinha, com uma expressão de triunfo na fisionomia.

Vendo entrar Dorian, exclamou:

— Viu como trabalhei mal hoje, Dorian!?

— Horrivelmente. Não pode fazer ideia do que sofri. Os meus amigos saíram aborrecidos. Você foi ridícula. E me aborreceu muito.

— Dorian, devia compreender. E compreende, não? Agora compreende?

— Compreender o quê?

Ela não o escutava. Um êxtase de felicidade dominava-a, transfigurava-a toda.

— Dorian, Dorian, quando não o conhecia, representar era a única realidade da minha vida. Tudo era divino para mim. Os outros atores, os cenários pintados. Este era o meu mundo. Você apareceu. Libertou-me a alma. Ensinou-me a ver a realidade. Muito mais bela do que todos os meus sonhos. Esta noite, pela primeira vez na vida, percebi o vazio, a falsidade, o ridículo da vida tola que venho vivendo. Tudo é vulgar e artificial, agora que tenho você, que é a minha verdade. Não preciso representar, não preciso de nada falso. Não preciso ser Beatriz, nem Cordélia, nem Julieta. De repente, percebi que seria incapaz de fazer outro papel que não fosse o meu mesmo, meu amor. Leve-me daqui. Fiquemos sozinhos. Só isso é tudo para mim. Saiba que escutei as vaias, sorrindo. Antes eu podia imitar uma paixão que não sinto, mas não posso imitar a que me queima a alma. Não posso fingir, fazendo o papel de apaixonada. Você me fez perceber isso!

Dorian deixou-se cair no sofá. Virou o rosto.

— Matou o meu amor, Sibyl.

Ela o olhou com estranheza e riu-se. Aproximou-se e tentou acariciar-lhe os cabelos. Levou aos lábios as mãos dele. Dorian as retirou, sacudido por uma espécie de arrepio.

— Falo sério, Sibyl. Você matou o meu amor. Já não desperta mais nada em mim. Amei-a porque era maravilhosa. Tinha talento, inteligência. Agora tornou-se superficial e tola. Que loucura a minha! Como pude amá-la! Com a sua arte, eu lhe daria o mundo. Glória, riqueza. Sem a arte, você deixou de existir para mim.

— É sério, Dorian, ou está representando um papel? — perguntou, confusa, a jovem.

— Representar, eu? Não. Deixo isso a você, que representa tão bem! — protestou Dorian cheio de cólera.

Ela chegou-se a ele com expressão triste e sofredora. Pousou-lhe a mão no braço. Ele repeliu-a.

— Não me toque.

Sibyl caiu-lhe aos pés e ficou imóvel:

— Perdoe-me, Dorian. Pensei em você o tempo todo, enquanto representava. Percebi tão de repente que o amo. Talvez nunca chegasse a saber se não tivesse havido aquele beijo... Beije-me outra vez e me perdoe. Juro que voltarei a representar bem. Não me abandone, Dorian.

— Vou-me embora — disse, afinal. — Lamento dizer-lhe que não nos tornaremos a ver. Você me desiludiu.

Ela chorava silenciosamente. Ainda rastejou e estendeu as mãos para ele. Dorian saiu do camarim. Minutos depois, deixava o teatro.

Não saberia dizer por onde andou. Percorreu vielas, galerias escuras, casas de aparência duvidosa. Foi perseguido e esbarrado por mulheres e bêbados. Andou até amanhecer. Instantes depois, acenou a um cocheiro. Desceu à porta de casa. Demorou-se antes de entrar, olhando a praça silenciosa, as janelas fechadas.

As luzes da entrada de sua casa ainda estavam acesas. Dorian apagou-as.

Atirou o chapéu e a capa à mesa e dirigiu-se ao quarto de dormir luxuosamente decorado. Logo, seu olhar foi atraído para o retrato que Basil lhe fizera.

Recuou sobressaltado. Continuou andando. Afinal, voltou atrás e chegou-se ao quadro. Examinou-o. Pelas réstias de luz que atravessavam as persianas, a fisionomia do retrato pareceu-lhe diferente. A expressão dir-se-ia mudada. Era como se houvesse qualquer coisa de crueldade nos lábios. Muito estranho, sem dúvida.

Dorian Gray ergueu a persiana. A claridade da aurora inundou a peça. A luz do dia mostrava-lhe nitidamente as linhas cruéis em torno da boca.

Sem demora, Dorian apanhou um espelho. Mirou-se, aflito. Nem de leve, nenhum vinco lhe alterava os lábios rubros. Que significava aquilo?

Voltou ao quadro. Não, não era imaginação. Estava lá. Era um fato evidente.

Dorian Gray sentou-se e pôs-se a refletir. Lembrou-se do que dissera no estúdio de Basil Hallward, no dia em que o retrato ficou pronto. Havia formulado um desejo absurdo: que lhe fosse dado ser sempre jovem e belo, enquanto o retrato ia acusando os estragos da idade, das paixões e dos pecados. Mas isso não acontece. Tais desejos são impossíveis de ser realizados. E, no entanto, estava ali: o quadro, diante de seus olhos, com a marca de crueldade na boca.

Acaso ele fora cruel? Mas a culpa era da jovem, e não sua.

Sonhara vê-la artista, dera-lhe o seu amor. E ela fora fútil e indigna. Ela o desiludira. Mas agora um arrependimento infinito o dominou. Lembrou-se da jovem caída a seus pés, chorando como uma criança. Fora duro e cruel com ela. Por que nascera assim, com o coração desse feitio? Ele a tinha magoado, mas ela também o fizera sofrer muito. De resto, as mulheres se adaptam mais ao sofrimento do que os homens. Vivem das suas emoções. Querem os namorados só para ter com quem fazer cena. Lorde Henry, que conhecia bem as mulheres, lhe dissera isso. Por que havia de se preocupar com Sibyl Vane? Ela já não existia para ele.

Mas, e o quadro? O retrato contava a história do original. Teria ânimo de encará-lo outra vez?

Não. Aquilo era uma ilusão dos seus sentidos alterados. A noite fora horrível. O quadro não mudara. Seria absurdo pensar isso.

Mas o retrato continuava a observá-lo. O rosto deturpado. O sorriso cruel. Então, seria assim? A cada novo pecado uma nova mancha lhe ofenderia a beleza?

Dorian resolveu: resistiria às tentações. Deixaria de ver lorde Henry... ou, pelo menos, de dar ouvidos às suas teorias. Foram elas que despertaram nele a paixão pelas coisas impossíveis.

Sim, voltaria a Sibyl Vane. Era preciso tentar gostar dela de novo, casar-se com ela. Era seu dever. Pobre criança! Haviam de ser felizes. A vida com Sibyl seria bela e pura.

Dorian levantou-se, puxou um largo biombo diante do retrato. Não podia olhar para ele sem tremer.

— Que horror! — disse consigo, abrindo a janela.

Saindo ao ar livre, suspirou com alívio. Pensava em Sibyl unicamente. Repetia, sem cessar, o nome dela. Era como se isso lhe lavasse a alma e a livrasse dos erros cometidos.

As marcas do primeiro crime

Dorian Gray acordou muito depois do meio-dia. Chamou o criado. Vítor apareceu com a bandeja de chá e um maço de cartas. Abriu as cortinas e, afinal, falou:

— Dormiu bastante esta manhã, senhor.

— Que horas são, Vítor?

— Uma e quinze, senhor.

Dorian sentou-se na cama. Tomou uns goles de chá e passou à correspondência. Uma carta era de lorde Henry e fora entregue, naquela manhã, por um mensageiro. Dorian olhou o envelope, sem abri-lo, e deixou-o de lado. Os outros traziam convites para jantar, entradas para exposições, programas de concertos de beneficência. Coisas assim que, durante a temporada, chovem diariamente na mesa dos jovens elegantes. Havia também contas e propostas de empréstimos.

Depois disso, Dorian levantou-se. Vestiu um luxuoso roupão e passou ao banheiro. A água reanimou-o. Os acontecimentos da noite já se estavam apagando na sua mente.

Vestiu-se, finalmente, e, já na biblioteca, preparou-se para um ligeiro almoço à francesa.

O dia estava lindo.

Ele sentia-se plenamente feliz.

De repente, teve um calafrio ao perceber o biombo que escondia o retrato.

— Sente frio, senhor? Quer que feche a janela? — perguntou o criado.

— Não é frio — respondeu em voz baixa.

Seria verdade? O retrato mudara mesmo? Ou fora sua imaginação que o fizera ver uma expressão de maldade onde sempre houvera um ar feliz? Contaria a Basil essa história absurda... Ele acharia graça.

Entretanto, estava quase com medo de ficar só na sala. Sabia que, mal o criado saísse, iria examinar o quadro. E receava a certeza.

Quando o homem ia retirar-se, Dorian o chamou.

— Feche a porta. Não estou em casa para quem quer que seja, Vítor.

O criado inclinou-se e saiu.

Dorian levantou-se.

Sentou-se nas almofadas do divã fronteiro ao biombo. Era uma antiga obra espanhola de couro dourado, com rico desenho Luís XIV. O moço olhou-o com curiosidade, perguntando a si mesmo se alguma vez esse objeto teria ocultado o segredo de uma vida humana.

Deveria retirá-lo ou não? E se outros notassem a mudança? E se Basil quisesse ver o quadro? Era natural que isso acontecesse. Melhor, então, certificar-se logo.

Levantou-se e fechou as portas. Afastou o biombo e viu-se face a face com a sua imagem. Não havia dúvida: o retrato mudara! Não queria acreditar nessa mudança. Mas ali estava. Que seria isso? Qual a explicação?

Uma coisa, pelo menos, o quadro lhe provava. Sua crueldade, sua injustiça para com Sibyl Vane. Mas não era tarde para reparar tudo. Sibyl seria sua esposa. E o retrato pintado por Basil Hallward o guiaria na vida. Seria o que é a consciência para uns, a santidade para outros, e o temor de Deus para todos nós. Ele o vigiaria.

Ali estava um sinal visível da degradação do pecado. Um sinal perene do mal que o homem faz à sua própria alma.

O relógio deu três horas, quatro, quatro e meia. Dorian não se movia. Tentava reunir os fios da vida e formar com eles um desenho: esforçava-se por encontrar o seu caminho no labirinto da paixão em que se perdera. Não sabia o que havia de fazer. Afinal sentou-se à mesa e escreveu uma carta apaixonada à jovem que adorara. Pedia perdão. Eram páginas e páginas de arrependimento e dor. Ao terminar a carta, Dorian sentiu-se perdoado.

De repente, bateram à porta. Lorde Henry disse do outro lado:

— Preciso vê-lo, meu rapaz. Deixe-me entrar, e já!

Era preferível receber lorde Henry. Explicar-lhe, de uma vez, o novo modo de vida que se propusera adotar. Mesmo que isso resultasse na separação dos dois.

Antes de abrir a porta, ocultou o quadro.

— Lamento sinceramente o que houve. Mas você não se deve afligir demais com isso.

— Refere-se a Sibyl Vane?

— Naturalmente! De certo ponto de vista é horrível, mas você não tem culpa. Diga-me: foi procurá-la e falou com ela depois do espetáculo?

— Sim.

— Eu tinha certeza! E fez-lhe uma cena?

— Fui brutal, Harry! Mas agora está tudo em ordem. E não lamento nada do que aconteceu. Serviu para que eu me conhecesse melhor.

— Ah, estimo que aceite as coisas assim, Dorian. Pensei que fosse encontrá-lo mergulhado nos remorsos. Arrancando os seus lindos cabelos dourados.

— Passei por tudo isso — disse Dorian sorrindo. — Neste momento, sinto-me perfeitamente feliz. Agora sei o que é consciência. Não é nada do que você me disse. É o que há de mais divino em nós. Não se ria, Harry. Resolvi ser bom. Não tolero ter uma alma hedionda.

— É uma boa base para a moral, Dorian! Diga-me apenas como pretende começar.

— Casando-me com Sibyl Vane.

— Casando-se com Sibyl Vane? — repetiu lorde Henry, assombrado. — Mas, meu caro Dorian!...

— Sim, Harry, eu sei o que vai dizer. Alguma coisa de arrepiar sobre o casamento. Não fale. Já a pedi em casamento há dois dias e ela será minha mulher.

— Sua mulher?! Dorian! Não recebeu então a carta que lhe mandei, esta manhã, pelo meu criado?

— Sua carta? Ah, sim, recebi-a. Mas não a li. Tive medo de que me transmitisse mais algumas de suas teorias...

— Então, não sabe de nada?

— Que quer dizer?

— Dorian, não se assuste. Eu lhe escrevi para informar que Sibyl Vane morreu.

— Morreu? Sibyl morreu? Não é verdade.

— É a pura verdade. Está em todos os jornais da manhã. Haverá inquérito. Mas você não deverá ser envolvido. Em Paris, uma coisa dessas faz a reputação de um homem. Mas em Londres! Há tantos preconceitos! Não convém estrear com um escândalo. Guardamos isso para nos tornarmos mais interessantes na velhice. Se no teatro não souberem o seu nome, tudo estará bem. Alguém o viu entrar no camarim?

— Mas, Harry, você fala em inquérito... Que significa isso? Acaso Sibyl... Diga tudo, logo.

— Não tenho dúvida de que não foi acidente, Dorian. Todos acham isso. Parece que, ao sair do teatro com a mãe, a menina disse que se esquecera de alguma coisa.

E voltou ao camarim. Esperaram algum tempo por ela. Não descia. Afinal foram encontrá-la sem vida, caída no assoalho do camarim. Tomou, talvez por engano, algum veneno, não sei se ácido prússico, provavelmente esse. A morte foi instantânea.

— Mas Harry, isso é terrível!

— Sim, trágico. Mas não se envolva. Li no jornal que ela tem 17 anos. Não se deixe abater. Jante comigo. Vamos à ópera. A Patti canta esta noite. Vamos à frisa de minha irmã. Achará lindas convidadas.

— Fui eu que assassinei Sibyl Vane! Matei-a. Nem por isso as coisas se modificam. As rosas continuam belas. Os pássaros cantam. E logo à noite eu janto com você, vou à ópera e acabo ceando em algum lugar. Aqui está minha primeira carta de amor. A uma defunta! Você nem desconfia do perigo que me ameaça. E não há nada em que eu me possa apoiar. Só Sibyl me salvaria. Foi egoísmo dela, morrer agora! Não podia!

— Foi tudo certo. O tal casamento seria um disparate. Um desastre.

— Lembro-me do que você me disse uma vez, Harry. Há uma fatalidade contra as boas resoluções. São tomadas demasiado tarde. A minha foi assim...

— As boas resoluções se originam de vaidade pura...

— Harry, por que não consigo sentir essa tragédia tão profundamente quanto desejaria? Serei um desalmado?

— Fez tolices demais na última quinzena para merecer esse título, Dorian — respondeu lorde Harry, com um sorriso meigo.

— Não gosto da resposta. Mas não sou um malvado. Entretanto, o que aconteceu não me afeta. Uma terrível e bela tragédia grega em que representei um grande papel, mas não me impressionou.

— Muito interessante o seu caso, Dorian. O que ocorre é o seguinte: muitas vezes as tragédias reais da vida acontecem de maneira rude demais e nos atingem mais pela sua absoluta vulgaridade. Porque há tragédias que encerram elementos de beleza artística. Então somos e gostamos de ser atores e espectadores. No caso presente aconteceu: alguém morreu de amor por você. Quem me dera a mim me tivesse acontecido isso! As criaturas que me adoraram teimaram em viver muito. Engordaram, tornaram-se um peso para mim. Gostam de recordar. Devemos absorver o colorido da vida e não guardar na memória as suas minúcias. As minúcias são sempre vulgares. O único encanto do passado, Dorian, é ser passado. As mulheres, porém, nunca sabem ao certo quando caiu o pano. Exigem sempre um sexto ato. Embora a peça já não interesse mais, exigem que ela continue. Se lhes déssemos ouvido, toda comédia teria fim trágico e todo drama acabaria em farsa. Não há limites, meu amigo, para as consolações de uma mulher. Quando não é a própria recordação, é a religião. E muitas outras coisas. E não lhe disse a mais importante.

— Qual, Harry? — perguntou Dorian, com indiferença.

— Ora! A consolação natural: roubar à outra o admirador que perdeu. Mas Sibyl Vane devia ser diferente! Para mim, na morte dessa menina, há beleza. Fico alegre de viver em um século no qual ocorrem milagres. Eles nos fazem crer em coisas com que brincamos: romance, paixão e amor.

— Esquece que eu fui horrivelmente cruel com ela?

— Acho que as mulheres apreciam a crueldade. Elas têm instintos primitivos. Nós as emancipamos. Mas elas continuam escravas, à procura de senhor. Gostam de ser dominadas. Você foi esplêndido. Nunca o vi zangado, mas calculo que deve ser encantador.

Houve um silêncio. Dorian cobrira o rosto com as mãos. O entardecer escurecia a sala. Sem ruído, com pés de prata, as sombras vinham do jardim. As cores desmaiavam. Desprendiam-se lentamente das coisas.

Depois de alguns instantes, Dorian levantou a cabeça.

— Iluminou-me a respeito de mim mesmo, Harry — suspirou, com alívio. — Eu senti tudo o que acaba de dizer. Mas tinha medo. Foi, sim, uma coisa maravilhosa! Como você me conhece bem! Será que a vida me reserva outras, igualmente extraordinárias?

— A vida reserva-lhe tudo, Dorian. Com a sua beleza, não há nada que você não possa desejar.

— Suponhamos, porém, que eu fique feio, enrugado e velho. Que será então, Harry?

— Bem, então — disse lorde Henry, levantando-se —, então, você terá de conquistar as suas vitórias. Por ora, elas o procuram espontaneamente. Trate de conservar essa aparência. Vivemos em um tempo que se lê demais para ser ajuizado. Pensa demais para ser belo. Não podemos perdê-lo, Dorian. Agora vá vestir-se. Estamos atrasados.

— Prefiro encontrar-me com você lá. Estou cansado para jantar. Que número é a frisa de sua irmã?

—Vinte e sete. O nome está na porta.

— Obrigado por tudo o que fez por mim. Só você me entende. É o meu melhor amigo.

— Estamos apenas começando nossa amizade, Dorian. Até logo, quero vê-lo antes das nove e meia.

Mal a porta se fechou, Dorian tocou a campainha. Pouco depois, Vítor fechava as persianas e acendia as luzes.

Impaciente, Dorian esperava que ele saísse.

Assim que se viu só, puxou o biombo. Não, o retrato não mostrava novas alterações. Soubera, antes dele, da morte de Sibyl Vane. Tomava conhecimento dos fatos da vida, conforme iam ocorrendo. A crueldade que lhe deformava as linhas da boca aparecera quando a jovem tomara o veneno.

Era a hora de Dorian escolher o seu caminho. Ou já estaria ele traçado? A vida decidira. A vida e a sua imensa curiosidade de conhecer a vida. A eterna juventude, a paixão infinita, os prazeres secretos e requintados, as alegrias delirantes, as loucuras do pecado. Ele haveria de conhecer tudo isso. O retrato que carregasse o fardo da sua degradação. Certa vez, como um Narciso, Dorian beijara os lábios pintados de sua própria imagem. Passara manhãs inteiras contemplando-a, quase apaixonado por ela.

Iria o retrato alterar-se toda vez que ele cedesse a uma tentação? Chegaria a ser um objeto monstruoso, repelente, de se esconder em quarto fechado e longe da luz do sol, que tantas vezes lhe dourara a maravilha dos cabelos ondulados? Que pena!

Por um instante, desejou rezar. Que se acabasse a terrível simpatia que o ligava ao retrato. Não obedeceria ela a alguma curiosa razão científica? Dependeria dele? Se o pensamento pode influenciar um organismo vivo, não exercerá influência em coisas inanimadas e inorgânicas? Mais ainda: independentemente de todo pensamento ou desejo consciente, não poderiam os objetos que nos rodeiam vibrar em sintonia com as nossas paixões, átomos atraindo átomos, num amor secreto da estranha afinidade? Não, Dorian jamais tornaria a tentar os poderes ocultos com um pedido. Pronto! Se o retrato tinha que mudar, mudasse! Que adiantava querer sondar o mistério?

Teria, aliás, enorme prazer em observá-lo. O quadro seria o mais mágico dos espelhos. Mostrar-lhe-ia o corpo e a alma.

Que importava o que acontecia à imagem pintada na tela? Ele estaria intato. E isso era tudo.

Dorian tornou a colocar o biombo diante do quadro. Sorria.

Uma hora depois assistia à ópera.

E lorde Henry se apoiava no encosto da cadeira que ele ocupava.

A confissão

Na manhã seguinte, Basil Hallward entrou no quarto de Dorian Gray quando este fazia a primeira refeição.

— Estou contente de encontrá-lo em casa, Dorian — disse o artista. — Procurei-o ontem à noite. Disseram-me que você estava na ópera. Vi logo que não era possível. Mas devia ter dito aos criados aonde ia, de fato. Passei uma noite horrível. Tive medo de que a uma desgraça sucedesse outra. Por que não me informou? Faço ideia do que sofreu. Vim logo para cá e fiquei pesaroso de não o encontrar. Aonde foi, afinal? Visitando a mãe da moça? Quase fui até lá. O jornal trazia o endereço... Pobre mulher! Era filha única! Que disse ela de todo esse drama?

— Como hei de saber, Basil? Eu fui à ópera. Conheci a irmã de Harry. Ela é um encanto. E a Patti cantou divinamente. Não me torne a falar desses horrores. Se não se fala de uma coisa é porque ela nunca existiu. Como diz Harry, a expressão é que dá realidade às coisas. Sibyl não era filha única. A mulher tem um filho, um ótimo rapaz, ao que parece. É marinheiro, ou sei lá o quê... Agora fale-me de você, Basil. Do que está pintando...

—Você foi à ópera? Foi, enquanto Sibyl Vane estava morta, morta por você? Fala em outras mulheres encantadoras, cantando divinamente, sem pensar nos horrores a que se condenaram aquele frágil corpo e aquela alma que você amou? Pense, homem!

— Chega, Basil! Não quero ouvir mais. O que aconteceu, aconteceu. O passado é passado.

— Você chama de passado o dia de ontem?

— Que importa o tempo decorrido? Só os espíritos superficiais precisam de anos para se libertar de uma emoção. Eu não pretendo ficar à mercê das minhas emoções. Quero usá-las, aproveitá-las, dominá-las.

— Que horror, Dorian! Alguma coisa o transformou. Por fora, você ainda é o belo rapaz que, há pouco tempo, posava em meu estúdio. A criatura mais pura e inocente deste mundo. Agora, fala como se desconhecesse a piedade, como se não tivesse coração. Já sei! Isto tudo é influência de Harry.

Dorian Gray corou. Levantou-se.

— Devo muito a Harry, Basil. Mais do que a você. Você só me ensinou a vaidade.

— E sou bem castigado por isso, Dorian... ou o castigo virá um dia.

— Não o compreendo, Basil. Não sei o que quer. Que procura?

— O Dorian Gray que eu tanto gostava de retratar...

— Chegou tarde, Basil. Ontem, quando me disseram que Sibyl Vane se suicidara...

— Mas foi suicídio? Meu Deus! O jornal fala em acidente.

— É claro que foi suicídio. Não me diga que acreditou na história do acidente...

— Que horror! — repetia Hallward, escondendo o rosto com as mãos.

— Não diga "que horror"! É uma das tragédias românticas do século. Sibyl estava habituada a ser uma heroína. Viveu, então, a sua mais bela tragédia... Não pense que eu não sofri. Mas foi ontem. Não posso repetir uma emoção. E você é muito injusto, Basil. Veio para consolar-me. Encontrou-me consolado e ficou furioso! Se quer de fato consolar-me, procure fazer-me esquecer. Não me estranhe. Quando me conheceu eu era um colegial! Agora sou um homem, com paixões, pensamentos e ideias diferentes. Quero muito a Harry. Mas reconheço que você é melhor do que ele. Embora eu esteja diferente, você deve continuar a ser meu amigo. Sempre nos demos bem. Não me abandone, Basil. Eu sou o que sou.

O pintor estava comovido. Dedicava-lhe uma infinita ternura. Afinal, ele era cheio de qualidades, de nobreza. Esse devia ser um estado de espírito: depois passaria.

— Está bem, Dorian. Só espero que seu nome não seja envolvido. O inquérito se inicia hoje à tarde. Você não foi chamado?

— Lá ninguém sabe o meu nome.

— Nem ela?

— Só o nome de batismo. Mas sei que não o disse a ninguém. Contou-me, certa vez, que dizia aos que perguntavam meu nome: *Príncipe Encantador*... Basil, faça-me um esboço de Sibyl. Para lembrança.

— Tentarei, Dorian. Mas vá ao ateliê e volte a posar como antes. Não posso continuar sem você...

— Nunca mais posarei para você, Basil! É impossível.

— Que absurdo, menino! Não gostou do retrato que lhe fiz? Por que o escondeu atrás do biombo? Deixe-me ver o quadro. Que estupidez a do seu criado! Encobrir assim essa tela!

— O criado nada tem a ver com isso. Fui eu quem colocou o biombo ali. A luz batia demais no retrato.

— Não diga isso! O quadro está no lugar que lhe convém! Deixe-me ver!

Um grito escapou dos lábios de Dorian. Correu e se interpôs entre o artista e o biombo.

— Não olhe para o quadro, Basil! Não quero! Se você olhar, não lhe falarei mais em toda a minha vida. Não lhe darei explicação alguma. Peço-lhe só que se lembre: se tocar neste biombo, estará tudo acabado entre nós.

Basil estava paralisado de espanto.

— Dorian!...

— Não diga nada!

— Está bem, se não quer, não olharei. Mas é estranho que não possa ver a minha obra. Principalmente agora, que estou pensando em expor o retrato em Paris, no outono. Talvez tenha de lhe dar uma mão de verniz, antes disso.

— Expor o retrato? — falou Dorian, aterrado.

— Sim, numa exposição especial. Vão reunir os meus melhores quadros. Será na primeira semana de outubro. Você ficará sem o retrato só durante um mês. Imagino que não lhe fará tanta falta... Também, se o esconde atrás de um biombo é porque não faz muito caso dele.

Dorian Gray transpirava, aterrorizado. Era como se estivesse sob a ameaça de um grande perigo:

— Há um mês você me disse que nunca exporia o quadro. Por que mudou de ideia? Você me assegurou e a Harry que nada neste mundo o levaria a expor o meu retrato.

Dorian calou-se, pensando. Sim, e se Basil também tivesse um segredo!? Convinha tentar.

— Basil, cada um de nós tem um segredo. Diga-me o seu e eu lhe direi o meu. Por que não queria expor o meu retrato?

Hallward não pôde esconder um sobressalto:

— Se eu lhe dissesse o motivo, Dorian, talvez você me estimasse menos e zombasse de mim. Não suportaria uma coisa nem outra. Se não quer que eu torne a ver o quadro, assim o farei. Faça-se a sua vontade. Prezo mais a sua amizade do que a fama.

— Não, Basil, você vai dizer o que é. Tenho o direito de saber.

Sua curiosidade era mais forte que o seu terror: Dorian decidira desvendar o mistério do pintor.

— Sentemo-nos, Dorian. Responda a uma pergunta: notou acaso, no quadro, algo que não o impressionou antes e que agora lhe apareceu de repente?

— Basil! — gritou o rapaz, as mãos trêmulas e os olhos esgazeados.

— Adivinhei. Não diga nada. Deixe que eu lhe conte. Assim que o vi, você se tornou para mim a encarnação do ideal, do meu sonho de artista. Eu o adorei. Tive ciúmes da atenção que dava aos outros. Só me sentia feliz na sua companhia. O tempo ia passando, e, cada vez mais, eu me concentrava em você. Eu sonhava retratá-lo de todas as maneiras. Um dia, dia fatal a meu ver, decidi retratá-lo como você era na realidade. Só sei que, trabalhando nessa tela, eu tinha a impressão de que cada pincelada revelava o meu segredo. Senti, Dorian, que "dissera" demais, que pusera muito do meu eu nesse quadro. Foi aí que resolvi não expor. Tenho a impressão agora de que a arte oculta o artista muito mais do que o revela. Foi assim que aceitei a proposta para expor em Paris e fiz do seu retrato a peça principal da minha exposição. Não podia supor que fosse me negar isso. Mas percebo que tem razão. Não me queira mal. Como diz Harry, você nasceu para ser adorado.

Dorian sorriu, aliviado. O perigo passara.

— O que me espanta, Dorian, é que você tenha percebido isso no retrato. Viu, realmente?

— Vi algo muito curioso.

— E não permitirá que eu veja o quadro, agora?

— Nunca. Em dia nenhum.

— Paciência. E agora, adeus, Dorian. Em toda a minha vida você foi a única pessoa que influenciou minha arte. O que fiz de bom, devo-o a você.

— Fomos amigos e amigos continuaremos a ser, apesar de sua confissão.

— Posará de novo?

— É impossível.

— Isso arruína a minha vida. Homem algum encontra duas vezes o ideal.

— Irei à sua casa tomar chá. Será igualmente agradável.

— Compreendo muito bem o que sente. Agora, adeus.

Basil saiu.

Dorian Gray sorriu. Pobre Basil. Estranho. Em vez de revelar o seu segredo, levara o amigo a fazer uma confissão que explicava muitas coisas. Seus ciúmes. Sua dedicação, seus elogios, suas curiosas reticências... Dorian compreendia finalmente e se compadecia do pintor.

Dorian Gray tocou a campainha. Era preciso esconder o retrato a todo custo. Seria insensatez deixar o quadro, uma hora mais, num lugar ao qual qualquer dos seus amigos tinha livre acesso.

Dorian Gray esconde as marcas do primeiro crime

O criado entrou. Dorian sondou-lhe a fisionomia, na dúvida sobre se ele teria olhado por trás do biombo. Nada transparecia. Apenas a expressão servil. Vítor aguardava ordens.

Dorian ordenou-lhe que fosse ao fabricante de molduras e que este lhe mandasse dois carregadores. E que chamasse a governanta, sra. Leaf. Pediu-lhe então a chave da sala de estudo.

— Da antiga sala de estudo, sr. Dorian? Ora essa! Está cheia de poeira! Antes de o senhor entrar lá, é preciso limpar e arrumar tudo. Não está em condições de ser visitada pelo senhor.

— Eu não quero a sala arrumada, Leaf. Quero só a chave.

— Está bem, senhor. Mas a peça não se abre há cinco anos. Desde a morte de Sua Excelência...

A referência ao avô desagradou a Dorian:

— Não importa, Leaf. Quero apenas ver a sala. Dê-me a chave.

— Aqui está, senhor.

— Obrigado, é só isso.

Sozinho, Dorian correu o olhar pela biblioteca até encontrar uma grande colcha de cetim vermelho, bordada a ouro. Sim, aquilo se prestava bem para envolver o quadro diabólico. Esconderia uma coisa que trazia em si uma corrupção pior do que a decomposição da morte. Seus pecados seriam, para a imagem pintada na tela, o que o verme é para o cadáver.

Dorian começou a sentir-se arrependido de não ter dito a Basil o motivo por que teimava em esconder o quadro. O amigo o ajudaria a resistir à influência de lorde Henry. E às influências mais perniciosas, que lhe vinham do seu próprio temperamento.

O amor que lhe dedicava o artista — porque era, de fato, amor — nada tinha que não fosse absolutamente puro e espiritual. Não era a admiração física pela beleza, que nasce dos sentidos e morre quando os sentidos se cansam. Era o amor como o conheceram Michelangelo, Montaigne, Shakespeare. Sim, Basil poderia salvá-lo. Mas, agora, era demasiado tarde. Sempre é possível anular o passado. O arrependimento, a renúncia, o esquecimento poderiam apagá-lo. E o futuro? Este era inevitável. Dorian sentia paixões prestes a explodir. Aspirações perversas que fatalmente se converteriam em realidade.

Com a colcha preciosa cobriu o quadro. Mas, antes, olhou seu rosto na tela para ver se havia alguma alteração. Não. Os cabelos dourados, os olhos azuis, os lábios vermelhos eram os mesmos. Mudara só a expressão.

Bateram à porta. O criado entrou, avisando:

— Os homens estão aí, senhor.

Dorian tratou de afastá-lo. Vítor não deveria saber para onde ia o quadro.

Escreveu umas linhas a lorde Henry, pedindo que lhe mandasse alguma coisa para ler e lembrando o encontro marcado para aquela noite, às oito e quinze.

— Espere a resposta — disse ao criado, entregando-lhe o bilhete. — Diga aos homens que entrem.

Quem entrou foi o próprio sr. Hubbard, um famoso fabricante de molduras. Vinha acompanhado de um jovem ajudante.

— Em que lhe posso ser útil, sr. Gray? Como se trata do senhor, quis-me dar a honra de vir em pessoa. Tenho lá justamente uma moldura, uma beleza de obra antiga...

— Lamento que se tenha dado ao trabalho de vir — interrompeu Dorian. — Irei qualquer dia ver a moldura. Hoje, porém, o que desejo é transportar um quadro para o andar superior. É um tanto pesado. Lembrei-me de lhe pedir que me mandasse dois de seus homens.

— Terei prazer em lhe prestar eu mesmo esse serviço. Qual é a obra de arte?

— Esta — respondeu Dorian, afastando o biombo.

— Poderá removê-la coberta como está? Seria uma lástima se sofresse um arranhão.

— Não haverá dificuldade, senhor. E aonde vamos com ela?

— Eu lhe mostrarei o caminho. Tenha a bondade de seguir-me. É lá em cima. Vamos pela escada da frente, que é mais larga.

Dorian abriu a porta do quarto. Subiram os três. A moldura entalhada tornava o quadro muito pesado. Em consequência, Dorian teve de ajudar no transporte.

Dorian abriu a porta da peça onde ia encerrar o estranho segredo de sua vida, onde ia ocultar a sua alma aos olhos dos homens.

Há muito tempo a sala não era aberta. Tinha sido sala de recreio e mais tarde sala de estudo. Lorde Kelso, seu avô, mandara mobiliá-la especialmente para o neto pouco amado. Assim, poderia mantê-lo o quanto possível longe de si. Por isso, tudo estava como no seu tempo de menino. Seus compêndios escolares, a estante de madeira, os painéis. Tudo aquilo lhe trazia à memória sua infância e sua adolescência sem mácula. Parecia-lhe agora um sacrilégio alojar ali o retrato fatal. Mas não havia na casa outra peça onde pudesse ficar tão resguardado. A chave ficaria com ele. Ninguém ultrapassaria aquela porta.

— Ponha o quadro aí dentro, sr. Hubbard. Desculpe a demora. Eu estava pensando em outra coisa.

— Onde quer a tela?

— Oh, em qualquer parte. Basta encostá-la à parede. Obrigado.

— Pode-se ver a obra de arte, senhor?

— Não lhe interessaria, sr. Hubbard. Agradeço-lhe a bondade de ter vindo.

O comerciante saiu com o ajudante, que, disfarçadamente, ainda olhou Dorian Gray com admiração. Nunca vira feições tão belas.

Dorian fechou a porta. Guardou a chave no bolso. Estava salvo.

Na biblioteca, verificou que eram cinco horas. O chá fora servido. Na mesinha preta havia um bilhete de lorde Henry, junto a um livro de capa amarela. Na bandeja do chá, bem à vista, a terceira edição de um vespertino. Sim, Vítor voltara. Talvez tivesse encontrado os dois homens e tentasse apurar para que tinham vindo. E daria pela falta do quadro. E se subisse as escadas e forçasse a porta... Havia mil maneiras de Vítor tentar uma chantagem...

Resolveu ler o bilhete de lorde Henry. Dizia apenas que mandava o jornal, juntamente com um livro interessante. Que estaria no clube às oito e quinze.

Dorian folheou o jornal. Na quinta página, havia uma nota, assinalada com lápis vermelho para chamar atenção. Era sobre o inquérito realizado aquela manhã. Ainda a morte de Sibyl Vane. O veredicto: morte casual.

Dorian Gray rasgou o jornal e jogou fora os pedaços. Que má ideia de lorde Henry! Mandar-lhe aquela nota, e assinalada! Vítor a teria lido, com certeza. E, se a lera, poderia desconfiar. Mas de quê, afinal? Ele nada precisava recear. Não matara Sibyl Vane.

    Os olhos do moço caíram casualmente no livro que lhe enviara lorde Henry. Apanhou o volume. Recostou-se e começou a folheá-lo. Num instante, a leitura absorveu-o completamente. Nunca tivera nas mãos uma obra como aquela. Era como se os pecados do mundo desfilassem diante dele. Em magníficas roupagens. Coisas que ele nunca sonhara se lhe revelavam ali.

    Era uma novela sem enredo, propriamente. De personagem único, mais um estudo psicológico de certo jovem parisiense. Passava a vida tentando reviver, em pleno século XIX, as paixões e o modo de pensar dos séculos anteriores. Era, em suma, um livro venenoso. Um livro que perturbava o cérebro, porque estava impregnado de sabor místico. Não se sabia se certas passagens expressavam os êxtases espirituais de algum santo medieval ou as confissões doentias de um pecador moderno.

    Dorian, dominado pela leitura maléfica, nem percebeu que a noite chegara.

    Afinal, o criado lembrou-lhe que era tarde. Vestiu-se e saiu.

    Pouco faltava para as nove quando se encontrou com lorde Henry, que se mostrava aborrecido com a longa espera.

    — Perdoe, Harry. Mas a culpa é sua. O livro que me mandou fascinou-me. Esqueci o tempo.

— Calculei que você gostaria.

— Eu não disse que gostei, Harry. Disse que ele me fascinou. É muito diferente.

— Ah, já descobriu isso? — comentou lorde Henry. E passaram os dois à sala de jantar.

O veneno em forma de livro

Passaram-se os anos e Dorian Gray não conseguiu libertar-se da influência desse livro.

Mandou vir de Paris nove exemplares da primeira edição, em diferentes encadernações. O jovem personagem do livro era a prefiguração de sua própria personalidade. O livro contava, por assim dizer, a história de sua vida, escrita antes que ele a houvesse vivido.

Em certo ponto, Dorian Gray levava vantagem sobre o herói da novela: nunca sofrera do medo de se encarar no espelho. Aliás, era com prazer que relia a última parte do livro. Ali estavam narrados o desespero e a tristeza do homem que perdeu sua força, sua vitalidade e sua juventude.

Efetivamente, a prodigiosa beleza, que enfeitiçara Basil Hallward e muitos outros, não acusava em Dorian a menor alteração.

As próprias pessoas que ouviam sobre ele as piores coisas — de tempos em tempos, estranhos boatos circulavam em Londres e se tornavam o assunto do dia nos clubes — não podiam dar crédito a tais versões. Dorian tinha uma aparência irrepreensível. Conservava o ar de adolescente puro, sem mancha: basta dizer que sua presença fazia calar as conversas obscenas.

Uma vez ou outra, voltando de uma de suas ausências prolongadas e misteriosas, Dorian entrara em seu antigo quarto de estudo. Sentava-se diante do retrato pintado por Basil Hallward, com um espelho na mão. O olhar ia da fisionomia depravada e envelhecida da tela ao rosto jovem e atraente que lhe sorria no espelho. Sorria de prazer. Estava cada vez mais enamorado de sua própria beleza. E cada vez mais empenhado em corromper a própria alma. Perguntava-se quais seriam mais horrendos: se os sinais do vício ou os da idade. Zombava das mãos manchadas e ásperas do retrato. Ria do corpo deformado, das pernas enfraquecidas.

Havia momentos, no seu quarto ou numa taberna de má fama, em que se arrependia do que fizera à sua alma. Mas eram momentos raros.

A curiosidade de conhecer a vida que lorde Henry despertara nele, um dia, no jardim de Basil parecia aumentar à medida que se ia saciando. Quanto mais sabia, mais desejava saber.

Embora tivesse modificado bastante sua vida, frequentando os piores ambientes, Dorian não se descuidou de sua vida social. Durante a temporada de inverno, abria sua bela mansão à sociedade uma ou duas vezes ao mês. Nas recepções e jantares íntimos, lorde Henry sempre o ajudava. Dorian fazia inveja a muitos. A organização de suas festas era comentada. O bom gosto imperando em tudo: seleção dos convidados, arranjo da mesa, flores, toalhas, o luxo e a riqueza das baixelas antigas de ouro e prata. Para todos, Dorian combinava a cultura, a graça, a distinção e a elegância perfeitas do homem de sociedade. Era uma pessoa para quem o mundo visível existia.

A mocidade o imitava. Era o modo de vestir, o encanto de suas maneiras próprias, a elegância com que se conduzia nos menores atos da vida. Aliás, a vida era, para ele, a primeira e a maior das artes. As outras só lhe serviam de preparação. Sua posição de árbitro da elegância o deixava vaidoso. Mas desejava muito mais. Não lhe bastava ser consultado sobre a ocasião de usar uma joia, sobre o nó da gravata ou o jeito de levar a bengala.

Ambicionava elaborar novos esquemas de vida baseados numa filosofia racional, em princípios que tivessem como finalidade a espiritualização dos sentidos. A doutrina repeliria a renúncia à experiência. A finalidade seria a própria experiência, e não os frutos da experiência. Seria como abrir os olhos, um dia, para um mundo renovado, de formas e cores diferentes, ou com outros segredos. Um mundo em que o passado ocupasse pouco ou nenhum lugar.

Dorian admirava a Igreja Católica e levava horas assistindo a um ritual romano. Sentia-se atraído por tudo que dizia respeito à Igreja. Mas nunca se filiou a um credo, a um sistema religioso. Dizia que isto poderia interromper a sua evolução intelectual.

Outras doutrinas também o atraíram. Eram temporadas. No espaço de uma estação inclinava-se para as teorias materialistas. Noutra, ao puro misticismo. Ocupara-se com perfumes, estudando tudo sobre eles. Chegou a elaborar uma verdadeira psicologia de aromas.

Em outro período, Dorian Gray dedicou-se à música. Promovia concertos extravagantes. Desde os ciganos furiosos tocando músicas loucas em cítaras minúsculas até a melancolia e a grandiosidade de Beethoven, que, na verdade, o deixavam indiferente.

Colecionava os instrumentos mais extravagantes de todas as partes do globo. Gostava de tocá-los e experimentá-los. O caráter fantástico desses instrumentos fascinava o jovem colecionador, e ele sentia um curioso prazer em descobrir que a arte, como a natureza, tem os seus monstros, objetos de forma bestial e vozes horrendas.

Quando ficava cansado dessas excentricidades musicais, Dorian voltava à sua frisa na ópera, sozinho ou com lorde Henry. Ouvia, então, em êxtase, o *Tannhäuser*. No prelúdio dessa grande obra de arte, via uma interpretação da tragédia da sua alma.

Depois foi a vez das pedras preciosas. O gosto pela pedraria animou-o por muitos anos. Ou melhor, nunca morreu nele. Tudo que se relacionasse com pedras preciosas interessava-o. As histórias fantásticas, as lendas, os poderes dessas pedras — tudo lhe inspirava uma paixão especial.

Depois, passou para os bordados. As tapeçarias. Os tecidos exóticos, finos, diferentes. Preciosos.

Houve o tempo da admiração de tudo o que se ligava aos ritos da Igreja: os paramentos eclesiásticos, vestimentas, joias, vasos sacros, painéis religiosos, medalhões. Ornamentavam a galeria oeste de sua mansão ou enchiam enormes áreas de cedro.

Todos esses tesouros não passavam de meios de esquecer e fugir ao terror que, às vezes, era intolerável. O terror que lhe inspirava o retrato da degradação de sua vida.

Levava semanas sem subir para vê-lo. Aí, então, se metia em antros e becos horríveis e lá ficava dias, até que o enxotassem. Regressando ao palácio, sentava-se diante do retrato e o amaldiçoava.

Ao fim de alguns anos, não podia ficar muito tempo fora da Inglaterra. Assim, também abandonara a vila onde passara anos com lorde Henry. Não podia permanecer longe do retrato. Temia que, em sua ausência, alguém penetrasse no quarto.

Na verdade, não tinha sossego. Estivesse onde estivesse, de repente, deixava tudo e corria à cidade para certificar-se de que a porta não fora forçada.

Apesar de todo o cuidado, dizia-se que já fora recusado em um clube e que dois nobres haviam se retirado ostensivamente à sua chegada.

Dorian Gray estava com 25 anos. Foi nessa época que começaram a circular histórias estranhas a seu respeito. Coisas assim: que teria sido visto em locais suspeitos, em companhias horríveis. De estar aliado a ladrões e moedeiros falsos, com quem aprendera o ofício. Suas ausências inexplicáveis eram motivo de cochichos nos cantos dos salões.

Havia quem não desse importância a nada disso. Para muitos, os seus modos francos, o seu sorriso de adolescente, a graça infinita dessa juventude intata eram as respostas suficientes às calúnias.

É verdade que ultimamente alguns dos amigos mais íntimos de Dorian o evitavam. E as mulheres, que o tinham adorado e, pelo amor dele, enfrentavam a censura social, empalideciam de horror se Dorian Gray lhes aparecia na sala.

Apesar disso, esses murmúrios escandalosos aumentavam, aos olhos de muita gente, o seu perigoso encanto. Sua grande riqueza era elemento de garantia. A sociedade civilizada nunca se dispôs a acreditar, seja o que for, em prejuízo dos indivíduos belos e ricos. Para muitos, as maneiras têm mais importância do que a moral.

Na opinião de Dorian Gray, o homem não é tão simples como se julga. O seu ego não é feito de uma só essência simples, estável, permanente. A seu ver, o homem é um ser de vidas múltiplas. Uma criatura que carrega dentro de si uma herança de ideias e paixões de antepassados, com a carne corrompida pelas monstruosas doenças da morte. E Dorian Gray gostava de passar horas na galeria de quadros da sua casa de campo. Adorava estudar os retratos dos antepassados, cujo sangue lhe corria nas veias. De cada um herdara alguma coisa. Ele era a soma de muitos e muitos eus que já haviam desaparecido: ali estava para perpetuar o temperamento de um, a vaidade e a maldade de outro. De sua mãe, ele sabia, herdara a beleza e a paixão pelo belo.

"Além dos antepassados", pensava Dorian, "possuímos todos nós outros ascendentes que exercem sobre nós uma influência que não desconhecemos". Às vezes, tinha a impressão de haver conhecido pessoalmente os personagens estranhos e terríveis que passaram pela cena do mundo. Algo misterioso fazia-o ver nessas vidas a sua própria vida.

O herói do livro que tanto o influenciara experimentara também essa estranha sensação. Descreve-se encarnando imperadores romanos, fazendo coisas abomináveis para se livrar do tédio, para atender a caprichos os mais pueris.

Tudo isso exercia sobre Dorian Gray uma paixão terrível. Perturbava-lhe o sono durante a noite e, de dia, a imaginação.

A Renascença conhecia estranhos métodos de envenenamento: por meio de um capacete, uma tocha acesa, uma luva bordada, um leque, uma bola de cheiro, um colar.

Dorian Gray fora envenenado por um livro. Em certos momentos, o pecado não era aos seus olhos senão um simples meio de realizar o seu conceito do belo.

O segredo de Dorian Gray começa a ser desvendado

Era uma noite de novembro. Véspera do 38º aniversário de Dorian Gray. Ele próprio, mais tarde, recordaria a coincidência.

Jantara com lorde Henry e estava voltando para casa. Seriam onze horas, mais ou menos.

Varando a noite fria e nevoenta, Dorian caminhava embuçado no casaco de peles.

De repente, viu um homem, que passou por ele de gola levantada. Levava na mão um saco de viagem. Era Basil Hallward.

Dorian não deu mostras de o reconhecer. Mas o pintor parou, um pouco adiante. Em poucos instantes, corria até ele. Agarrou-lhe a manga.

— Dorian! Que sorte inesperada! Acabo de sair da sua casa. Estive, desde as nove, na sua biblioteca, esperando-o. Sigo para Paris à meia-noite! Antes de partir, fiz questão de vê-lo. Quando passou por mim, agora, quase não o reconheci. Para falar a verdade, reconheci o seu paletó de peles. Não se lembra de mim?

— O que você queria, meu caro Basil? Com todo esse *fog*? Não sei bem nem o caminho de casa. Lamento que se vá de Londres. Mas voltará em breve, não?

— Não. Passarei seis meses fora da Inglaterra. Pretendo trancar-me no ateliê até acabar um grande quadro que tenho em mente... Bem, estamos perto de sua casa. Deixe-me entrar um momento. Preciso dizer-lhe umas coisas.

— Com prazer, Basil. Mas não perderá o trem? — perguntou Dorian, já abrindo a porta.

— Tenho tempo de sobra. Ia procurá-lo no clube, quando o avistei. Já despachei as malas. Levo só este saco, e estarei na estação em vinte minutos.

— Entre, vamos conversar. Mas não me venha com assuntos sérios.

O pintor seguiu Dorian à biblioteca.

A peça estava aquecida pelo fogo da lareira, e as luzes se mantinham acesas.

— O seu criado recebeu-me muito bem. Gosto mais dele que do francês que você tinha. Por falar nisso, que é feito dele?

— Parece que se casou e foi para Paris. Era um bom criado...

Basil tirou o boné e o sobretudo, colocando-os sobre o saco de viagem que deixara a um canto.

— E agora, meu caro amigo, não se encrespe. Mas eu preciso falar-lhe seriamente.

— De que se trata? Espero que não seja de mim. Estou farto de mim. Gostaria de ser outra pessoa.

— Pois é de você. Não lhe tomarei mais de meia hora.

— Meia hora! — suspirou Dorian.

— É pedir pouco. E é exclusivamente para o seu bem que vou falar. Creio que você deve ser informado das coisas horríveis que circulam a seu respeito em Londres.

— Eu prefiro não saber. Adoro os escândalos dos outros. Os que me dizem respeito não me interessam.

— Devem interessá-lo, Dorian. Não há de gostar que o apontem como um indivíduo abjeto e desclassificado. Olhe que posição e fortuna não são tudo na vida. É preciso zelar pela sua reputação. Claro, eu não acredito. Acho que vícios, pecados são coisas que transparecem na fisionomia. Não é possível esconder os efeitos. São revelados nos contornos da boca, nos olhos e até nas mãos. Mas você, Dorian, com esse rosto inocente, luminoso, puro! Essa mocidade maravilhosa!... Não. Não consigo acreditar no que dizem de você. Entretanto, vejo-o raramente. Você já não vai ao ateliê. Quando ouço essas acusações espantosas, não sei o que hei de pensar. Por que é, Dorian, que um homem como o duque de Berwick se retira da sala do clube quando você entra? Por que tantos homens de bem, aqui de Londres, nunca o visitam nem o convidam a ir à casa deles? Você era amigo de lorde Staveley. Jantei com ele na semana passada. O seu nome foi pronunciado por mim. Staveley fechou a cara e disse que você poderia possuir senso artístico, mas que nenhuma jovem pura ou senhora decente deveria conhecê-lo ou estar numa sala onde você estivesse. Lembrei-lhe de que sou seu amigo e perguntei a lorde Staveley por que dizia aquilo. Explicou-se diante de todos. Foi um horror! Por que sua amizade é tão fatal aos moços? Que fim trágico marca todos aqueles que são seus amigos? Ou foram?

— Chega, Basil! Está falando de coisas que ignora! — interrompeu Dorian Gray irritado. — Todos esses casos têm uma explicação que você desconhece. Por que Berwick sai quando eu chego? É porque sei tudo a respeito dele. Com o temperamento que tem, pode ser um homem de vida limpa? E os outros? Ensinei a um os vícios e ao outro ser devasso? Por que tenho culpa se erram nas escolhas, falsificam firmas, suicidam-se ou são imorais? Os ingleses são faladores, Basil. Neste país, basta um homem ter distinção e inteligência para que as más línguas o destruam. Esquece que estamos na terra da hipocrisia, meu caro?

—A questão não é essa, Dorian! — protestou o pintor. — Sei que há falhas e perversão na sociedade inglesa. Por isso mesmo desejei tanto preservá-lo, para que você fosse diferente. Você não tem agido bem. Podemos julgar o homem pela ação que ele exerce sobre seus amigos. Os seus esqueceram totalmente a noção de honra, de bondade, de vergonha. Você os tornou loucos pelo prazer. Foi você que os empurrou para o abismo. E pode sorrir assim! E há coisa pior! Você e Harry são inseparáveis. Então, pelo menos, você poderia ter poupado a irmã dele.

— Cuidado, Basil! Está indo longe demais!

— Tenho de falar e você me ouvirá. Deve escutar. Que fez você com o nome dessa moça? E as histórias que o mostram de madrugada ocultando-se em locais suspeitos, frequentando disfarçado os piores antros de Londres? São verdadeiras? Quando me disseram, da primeira vez, achei graça. Hoje me dá arrepios. Que acha do que se murmura da sua casa de campo e do que se passa ali? Não quero que pense que isto é sermão. Quero é que viva certo, que lhe tenham respeito. Que mereça o respeito de todos. Você tem um poder prodigioso de influenciar. Exerça esse poder para o bem, e não para o mal. Hoje não sei, francamente, o que é verdade ou não sobre o que dizem de você. Sei que li uma carta que a esposa de lorde Gloucester escreveu-lhe antes de morrer, isolada de todos. Ali, naquela carta, vi o seu nome envolvido na confissão mais terrível de que já tive conhecimento. Protestei. Eu disse, Dorian, que era seu amigo e que você era incapaz daquelas ações. Mas será que eu o conheço bem, Dorian Gray? Antes de responder que sim, precisaria ler na sua alma.

— Ler na minha alma! — gaguejou Dorian.

— Sim — repetiu Basil grave e triste. — Ler na sua alma. Só Deus, porém, pode fazer isto.

Um riso de deboche e azedume irrompeu dos lábios de Dorian Gray. Levantou-se e apanhou o lampião de cima da mesa.

— Pois há de ler você mesmo. E já! Venha! Conte ao mundo depois. Ninguém acreditará. É obra sua. Já falou muito sobre corrupção. Venha vê-la, cara a cara!

Dorian parecia louco; vibrava de maldosa alegria. Ia partilhar com alguém o seu segredo. Ia mostrar para o autor do retrato, origem de toda a vergonha, o que fizera com as suas próprias mãos.

— Sim — continuou Dorian. — Vou mostrar-lhe a minha alma. Você verá o que pensa que só Deus pode ver!

Basil recuou:

— Não diga isso, Dorian! É horrível e não faz sentido.

— Parece-lhe assim? — perguntou Dorian rindo.

— Ouça, meu amigo. Você me deve uma resposta às acusações horríveis que lhe são feitas. Se me disser que são absolutamente falsas, do princípio ao fim, eu acreditarei. Negue, Dorian, negue tudo! Não vê o que estou sofrendo? Não me diga que é mau, perverso, infame.

Dorian apenas sorria.

— Suba comigo, Basil. Tenho lá em cima um diário da minha vida. Nunca sai de lá. E, dia a dia, tudo é anotado. Venha.

— Subirei, se você quiser, Dorian. Já perdi o comboio. Não importa. Irei amanhã. Não me peça que leia nada nesta noite. Quero é uma resposta franca à minha pergunta.

— Essa resposta eu darei lá em cima. Não posso responder aqui. Mas você não terá muito para ler, Basil.

O rosto da alma

Subiram. Dorian Gray seguia à frente. O artista pisava nos degraus com cuidado.

O lampião projetava sombras extravagantes na parede. Algumas janelas rangiam, castigadas pelo vento.

No último patamar, Dorian pousou o lampião no chão. Tirou a chave do bolso e abriu a porta.

— Insiste em saber, Basil? — perguntou, em voz baixa.

— Insisto.

— Alegro-me muito — disse Dorian sorrindo. — Você é a única pessoa que tem o direito de saber de mim tanto quanto eu. Teve na minha vida um papel mais importante do que supõe.

Pela porta aberta, uma corrente de ar frio fez tremer a chama do lampião. E a Dorian também.

— Feche a porta — murmurou, pousando o lampião na mesa.

Basil Hallward olhou à sua volta, espantado. Tudo naquela peça era estranho. Parecia desabitada desde muitos anos. Uma tapeçaria desbotada, um quadro coberto por um pano suntuoso, uma velha arca italiana, uma estante quase vazia. Eis todo o mobiliário. Além dessas peças, só a mesa e uma cadeira.

Dorian acendeu uma vela no alto da lareira. Com mais claridade, Basil pôde ver a densa camada de pó que encobria tudo. Pelo tapete esburacado um rato atravessou e sumiu numa fresta. Um cheiro de mofo enchia a atmosfera úmida.

—Vamos, Basil. Está, então, convencido de que só Deus lê nas almas? Puxe aquele pano e lerá na minha.

O pintor falou baixo:

— Está brincando, Dorian, ou está fora de si?

— Não quer? Pois eu mesmo o farei.

Arrancou a cortina que encobria o quadro e atirou-a ao chão.

Uma exclamação de horror escapou dos lábios do artista. Pintado na tela via-se um rosto hediondo. Aquilo que a pouca luz conseguia iluminar encheu-o de aversão e repugnância. Senhor! Era o rosto de Dorian Gray! Havia, sim, longe, alguma coisa de sua maravilhosa formosura. Cabelos dourados, mas já se tornando raros. Um pouco de vermelho nos lábios sensuais. Os olhos azuis. Sim, era Dorian. Mas quem seria o autor do quadro? As pinceladas pareciam suas. A moldura era a que ele desenhara. Basil levantou a vela diante do retrato. No canto esquerdo, em letras grandes, traçadas a vermelhão, o seu nome: BASIL HALLWARD.

Bem, podia ser uma paródia malévola, infame. Ele não fizera aquilo!

Mas aquele era o seu quadro. Que significava aquilo? Quem o deturpara?

Basil encarou Dorian com olhar desvairado. O pintor suava um suor viscoso. Sua boca estava seca. Era impossível dizer uma só palavra.

Dorian observava-o. Sua expressão era a de quem assiste a uma peça quando atua um grande ator. Não havia tristeza nem satisfação. Simplesmente atenção. E um triunfo no fundo dos olhos.

— Que significa isso? — gritou Basil, afinal.

— Há anos, quando eu era ainda um adolescente, você me conheceu, me elogiou muito. Ensinou-me a envaidecer-me da minha beleza. Um dia, apresentou-me a um seu amigo, que me explicou as maravilhas de ser jovem. Você terminou o retrato, e ele me revelou a maravilha de ser belo. Em um momento de loucura, de que ainda hoje não sei se me arrependo ou não, formulei um desejo insensato. Talvez uma súplica, quem sabe?

— Lembro-me! Oh, se me lembro! Não é possível! A sala é úmida. O mofo penetrou na tela. Talvez houvesse substâncias minerais nocivas nas tintas que usei... Digo-lhe que isso é impossível!

— Acaso o impossível existe? — perguntou Dorian.

— Você me disse que inutilizara o quadro...

— Enganei-me. Ele é que me inutilizou.

— Não é o meu quadro. Não creio.

— Não vê nele o seu ideal?

— O meu ideal nada tinha de perverso ou de infame. Esse rosto é o de um devasso. E você foi para mim o ideal que nunca tornarei a encontrar.

— É o rosto de minha alma.

— Senhor, eu adorei aquilo! Os olhos são os olhos do demônio!

— Cada um de nós, Basil, tem em si o céu e o inferno! — respondeu Dorian, em desespero.

Basil olhou de novo o retrato.

— Meu Deus! Se aquilo é real, se aquilo é o que você fez da sua vida... Então, você é muito pior do que me contaram.

O artista ergueu a vela. Tornou a examinar sua obra. A superfície do quadro não sofrera alteração. O horror e a deturpação vinham de dentro. Em razão de alguma misteriosa aceleração da vida interior, a lepra do pecado consumia lentamente o retrato.

A podridão de um cadáver, em uma sepultura úmida, não seria mais espantosa.

A mão de Basil tremeu. A vela caiu ao chão e ficou ali se consumindo. O pintor apagou-a com o pé. Em seguida, deixou-se cair na cadeira desconjuntada, ao lado da mesa. Enterrou o rosto nas mãos.

— Meu Deus, Dorian! Que lição! Que tremenda lição!

O moço não respondeu. Mas soluçava, de costas para o pintor.

— Reze, Dorian, reze! Como era a oração que nos ensinaram, em pequenos? "Não nos deixeis cair em tentação!... Perdoai os nossos pecados." Eu o adorei demais. Sou castigado por isso. Você se adorou demais. Fomos ambos punidos.

Dorian olhou o pintor, com olhos cheios de lágrimas.

— É muito tarde, Basil.

— Nunca é demasiado tarde, Dorian. Ajoelhemos e procuremos orar. Diz o versículo: "Sejam os teus pecados rubros, eu os tornarei brancos como a neve."

— Isso não tem sentido para mim.

— Silêncio! Não vê o espectro maldito que nos está olhando?

Dorian Gray olhou o quadro.

Naquele instante, um ódio irreprimível a Basil Hallward o dominou. Uma raiva desesperada fê-lo detestar o homem sentado à mesa. Parecia que a imagem da tela o estimulava. Em cima da velha arca viu uma faca. Ele mesmo a trouxera para cortar uma corda. E a esquecera ali.

Apanhou a faca. Colocou-se bem atrás do pintor. Antes que Basil se movesse, enterrou-lhe a arma na nuca. Deitou-lhe a cabeça na mesa e continuou a feri-la.

Ouviu-se apenas um gemido. Dorian golpeou-o mais vezes. Mas Basil não se moveu. Alguma coisa começou a correr pelo assoalho.

Dorian arremessou longe a faca.

Escutou. Só o gotejar no tapete esfiapado. Silêncio absoluto em toda a casa. Saiu para o patamar.

Ainda esperou um pouco. Nenhum sinal de vida lá fora. Tirou a chave e fechou a porta por dentro.

O outro continuava no mesmo lugar. Parecia adormecido.

Dorian estava estranhamente calmo.

Foi até a sacada. Já não havia cerração. Mas uma rajada fria varreu a praça. Um policial fazia a ronda. Dorian fechou a sacada e saiu da sala sem olhar o morto.

O amigo que lhe fizera o retrato fatal saíra de sua vida. Isso bastava.

Voltou à sala em seguida. Esquecera-se do lampião. O criado poderia dar pela falta. Lá dentro olhou o cadáver. Lembrava uma pavorosa figura de cena. Horrível!

Dorian saiu, fechou a porta e desceu as escadas lentamente. Ouvia apenas o rumor de seus passos.

Entrando na biblioteca, viu o casaco e a sacola de viagem. Apertou a mola de um esconderijo na madeira da parede. Ali ocultava seus disfarces. Lá guardou os objetos de Basil. Mais tarde trataria de queimá-los. Faltavam, agora, vinte minutos para as duas horas.

Dorian se sentou. E refletiu: Basil estivera à sua procura. Saíra dali às onze horas. Ninguém o vira voltar. Sim, Basil embarcara para Paris, pelo trem da meia-noite, conforme anunciara.

Colocou o chapéu na cabeça. Vestiu o casaco de pele e saiu para o vestíbulo. Esperou um pouco. Minutos depois, tocou a campainha.

O criado atendeu, sonolento.

— Lamentei ter de acordá-lo, Francis. Mas esqueci-me da chave. Que horas são?

— Duas e dez, senhor — informou o homem, olhando o relógio.

— Duas e dez! Tão tarde assim? Amanhã você me acordará às nove. Tenho o que fazer.

— Sim, senhor.

— Esteve aqui alguém?

— O sr. Hallward. Esperou até as onze. Saiu para tomar o trem.

— Que pena! E não deixou nenhum recado?

— Não, senhor. Disse que escreveria de Paris se não encontrasse o senhor no clube.

— Está bem, Francis. Não se esqueça de me acordar às nove.

— Está bem, senhor.

O criado saiu. Dorian tirou o chapéu e o casaco. Entrou na biblioteca.

Andou, durante um quarto de hora, de um extremo a outro da peça. Finalmente, apanhou na estante o *Livro azul*. Folheou-o e leu: "Alan Campbell — 152, Hertford Street, Mayfair."

Sim. Aquele era o homem que lhe servia.

Dorian Gray esconde as marcas do segundo crime

Dorian dormia serenamente, como uma criança cansada de brincar ou estudar, quando o criado o despertou, pontualmente, às nove horas da manhã.

Aberta a janela, o ar morno da manhã de novembro inundou o quarto.

Pouco a pouco, os fatos começaram a voltar à sua memória.

Matara Basil Hallward. Ficara alucinado naquele terrível momento. O cadáver ainda devia estar lá onde ele o deixara. Que horror!

Quando o relógio deu meio-dia, Dorian levantou-se. Vestiu-se. Demorou-se um pouco à mesa do almoço. Passou em revista a correspondência.

Depois, escreveu duas cartas. Uma deixou no bolso e estendeu a outra ao criado, dizendo:

— Leve a este endereço, Francis. Se o sr. Campbell estiver fora da cidade, peça o endereço.

Ficando só, começou a rabiscar numa folha de papel. Primeiro, flores, detalhes de arquitetura. Depois, figuras humanas. Todas apresentando acentuada semelhança com Basil Hallward. Mas estava decidido a não pensar no que sucedera. Pelo menos enquanto não fosse necessário.

Recostou-se no sofá. Aí então leu um livro. Eram versos magníficos. Dorian se deliciava com a leitura. Era um meio de não lembrar. Mas não havia jeito. Os versos cantavam Veneza. E ele lá estivera, com Basil, todo um outono. Pobre Basil! Que fim horrível o seu! Não, mas não queria lembrar! Ficou agitado. Pensava: e se Alan Campbell não estivesse na Inglaterra? Eles haviam sido íntimos. De repente, tudo acabara. Agora, quando se encontravam em sociedade, só Dorian sorria. Alan Campbell nunca. Era um cientista jovem, de grande inteligência. Especializara-se em química. Tinha seu laboratório particular. Tocava bem piano e violino, e fora justamente esse talento que o aproximara de Dorian Gray. Ninguém ficara sabendo por que se afastaram um do outro. Mal se falavam. Também abandonara a música. Dedicava-se cada vez mais à ciência. Aprofundava-se no campo da biologia. Seu nome aparecera algumas vezes em revistas científicas.

Era esse o homem que Dorian Gray esperava ansiosamente. De segundo em segundo, olhava o relógio. E se não viesse?

A demora tornava-se-lhe intolerável.

Afinal, a porta abriu-se. O criado anunciou:

— O sr. Campbell.

— Diga-lhe que entre, Francis.

Minutos depois, Alan Campbell entrava. Sério e pálido:

— Obrigado por ter vindo, Alan.

— Eu não pretendia voltar a esta casa, Gray. Mas você diz que é questão de vida ou de morte.

— Sim. De vida ou de morte. E para mais de uma pessoa. Sente-se.

Acomodaram-se. Após um breve silêncio, Dorian falou:

— Alan, numa sala fechada do último pavimento desta casa, numa peça onde só eu posso entrar, há um homem morto, sentado à mesa. Morreu há dez horas. Não pergunte quem é, nem como morreu. Nem me olhe assim. O que você tem a fazer é...

— Basta, Gray! Não quero saber mais. Verdade ou não, pouco importa. Guarde para si seus hediondos segredos. Eles já não me interessam.

— Eles o interessarão, Alan. Lamento muito, mas não posso sair dessa enrascada sozinho. Você é o único que me pode salvar. Você sabe como fazer desaparecer o que está lá em cima. É profundo conhecedor de química. Já fez experiências. Ninguém viu esse indivíduo entrar aqui. Todos estão convencidos de que está em Paris. Você vai convertê-lo, com tudo o que lhe pertencia, num punhado de cinzas que eu espalharei no ar.

— Está louco, Dorian!

— Ah, esperava por isso: que você me chamasse Dorian.

— Está doido, repito. Acha, então, que eu levantaria um dedo para tirá-lo de apuros? Pensa que vou arriscar minha reputação?

— Foi suicídio, Alan.

— Estimo. Mas quem o levou ao suicídio? Você?

— Nega-se a fazer o que lhe peço?

— Está visto que me nego. Não tenho nada com isto. Escolheu mal o cúmplice. Recorra a seus amigos. Não a mim!

— Alan, foi crime. Eu o matei. Você não sabe o que ele me fez sofrer. Seja o que for, na minha vida, pelo que tenha de bom ou de mau, o responsável é ele, mais do que o pobre Harry.

— Crime, Dorian? Meu Deus! Como pôde chegar a isso? Bem, repito, não é da minha conta.

— Há de ser da sua conta. Queira você ou não. Eu só lhe peço, Alan, uma experiência científica.

— Não tenho o menor desejo de ajudá-lo.

— Rogo-lhe, Alan. Peço que o faça por mim. Fomos amigos, um dia.

— Não fale desse tempo, Dorian. Está morto. O que me pede é absurdo.

— Recusa?

— Sim.

— Suplico-lhe, Alan...

— É inútil.

Dorian apanhou uma folha de papel. Escreveu algumas linhas. Dobrou com cuidado e atirou-a à mesa. Afastou-se um pouco.

Campbell apanhou o papel e leu-o. Ficou lívido e caiu na cadeira.

Depois de alguns minutos de terrível silêncio, Dorian pousou a mão no ombro do ex-camarada:

— Desculpe, Alan. Não tive escolha. A carta está escrita. Tenho-a aqui no bolso. Se você não me ajudar, serei obrigado a remetê-la. Mas vai ajudar-me. Você foi ríspido e insolente comigo. Agora é a minha vez de impor as condições.

Alan estava arrasado. Tremia, repetindo:

— Não posso, não posso...

— É preciso. E não se demore!

— Há uma lareira lá em cima? — perguntou o cientista.

— Sim, e uma estufa a gás, revestida de amianto.

— Terei de apanhar umas coisas em meu laboratório...

— Não. Você não sairá daqui. Escreva o que quer. O meu criado lhe trará.

Campbell escreveu tudo e no envelope colocou o endereço de seu assistente.

Dorian leu o bilhete e ordenou ao criado que levasse e trouxesse tudo o que lhe fosse entregue. E voltasse sem demora.

Era uma hora. Dorian tinha os olhos cheios de lágrimas. E Alan estava revoltado.

— Você é um infame!

— Cale-se, Alan, salvou-me a vida.

— Salvei-lhe a vida? Essa em que você resvala de pecado em pecado. Agora chegou ao crime...

Não demorou muito, o criado voltou. Trazia num caixote todo o material pedido.

Dorian estava senhor da situação. Dispensou o criado pelo resto do dia e ordenou a Alan que levasse a caixa para cima.

Dorian empurrou a porta e seu olhar caiu justamente no retrato. Agora, lembrava-se. Na véspera, se esquecera, pela primeira vez, em tantos anos, de cobrir o quadro. Aproximou-se para fazê-lo, mas recuou horrorizado.

Sim, era como se a tela suasse sangue! Era muito mais horrenda a vista disso do que a do corpo morto, estirado na mesa!

Cobriu rápido o quadro e abriu mais a porta. Ouviu o cientista entrar com o caixote. Teria ele conhecido o pintor?

— Agora, deixe-me — disse Alan, rispidamente, atrás de Dorian.

Dorian saiu. Passava das sete quando Alan Campbell desceu. Entrou na biblioteca, pálido, mas muito calmo.

— Fiz o que você mandou. Agora, adeus. Não nos tornaremos a ver.

— Salvou-me da ruína total. Não esquecerei — disse Dorian Gray.

Subiu à sala de estudo, mal o cientista se retirou. A peça toda cheirava a ácido nítrico. Mas o vulto sentado à mesa desaparecera.

Dorian Gray tenta a cura da alma

Nessa noite, às oito e meia, Dorian Gray, irrepreensivelmente vestido, entrava no salão de lady Narborough para uma reunião. Quem o visse não acreditaria que acabava de passar por uma tragédia tão terrível. Difícil crer que aquelas mãos bem tratadas, de dedos finos, pudessem empunhar uma faca para cometer um crime. Impossível que daqueles lábios risonhos saísse um grito de horror, clamando a Deus...

Ele próprio se admirava. E saboreava o prazer terrível de uma vida dupla.

Dorian Gray era um dos favoritos de lady Narborough — mulher inteligente e que se entregava aos prazeres do romance, da cozinha e do espírito franceses.

A reunião não parecia divertida. A começar pelos convidados. Uns eram estranhos a Dorian. O moço reconhecia outros: eram tipos extravagantes do seu meio social.

Dorian Gray já estava arrependido de ter vindo. De repente, lady Narborough, olhando o relógio, exclamou:

— Esse horroroso lorde Henry Wotton, sempre atrasado! E olhem que prometeu ser pontual!

Era um consolo poder contar com a presença de Henry, pensou Dorian.

Quando a porta se abriu e, enfim, lorde Henry entrou, desculpando-se com a dona da casa, Dorian deixou de se aborrecer.

Mas, ao jantar, não conseguiu comer.

Lady Narborough, repreendendo-o, disse-lhe que aquilo era um insulto. O menu fora todo "inventado" para ele, Dorian.

Lorde Henry observava-o, espantado com o silêncio e o alheamento do amigo, que se limitava a tomar champanhe, como se sua sede aumentasse, cada vez mais.

— Dorian — perguntou lorde Henry, por fim. — Que tem esta noite? Está abatido.

— Parece apaixonado — interveio lady Narborough.

— Há uma semana que não estou apaixonado — brincou Dorian.

— Sim, desde que madame Ferrol deixou a cidade — gracejou Henry. — Sabiam que Ferrol é o seu quarto marido?

— Quatro! E como é Ferrol? Não o conheço.

— Os maridos das mulheres muito bonitas — disse lorde Henry — pertencem às classes criminais.

— Não me admiro de que o mundo o chame de perverso, lorde Henry.

— Eu, perverso?

— Não há, que eu saiba, quem não o considere mau — afirmou a dama.

— Isso é monstruoso. Como se difama uma pessoa pelas costas, dizendo dela coisas inteiramente verídicas?

— Ele é incorrigível — falou Dorian.

— Mas muito amado — disse a dona da casa. — E o que seria dos homens se as mulheres não os amassem pelos seus defeitos? Teríamos um exército de solteirões infelizes. Infelizes? Hoje em dia, os homens casados vivem como solteirões, e os solteirões vivem como casados.

— Fim do século — disse lorde Henry.

— Fim do mundo — corrigiu a velha lady.

— Antes fosse o fim do mundo! — suspirou Dorian Gray.

— Ah, meu caro — exclamou lady Narborough —, não me diga que se cansou da vida! Lorde Henry é um perverso, mas você nasceu para ser bom... parece tão bom... merece a vida. Eu lhe arranjarei uma linda esposa. Não acha, lorde Henry, que o sr. Gray deveria se casar?

— É o que sempre lhe tenho dito, lady Narborough.

— Tratarei de descobrir uma companheira digna para ele. Quero uma aliança sólida e que ambos sejam felizes...

— Quanto disparate! — exclamou lorde Henry. — O homem pode ser feliz com qualquer mulher, contanto que não a ame...

— Que cínico é o senhor! — rebateu a velha senhora. — Pois terá de jantar comigo, outra vez, em breve. É realmente um tônico extraordinário!

Levantaram-se e passaram todos ao andar de cima. Dorian sentou-se ao lado de lorde Henry.

— Está melhor, meu amigo? Pareceu-me um tanto deprimido, durante o jantar.

— Não tenho nada, Harry. Cansaço, apenas.

— A propósito: você ontem se recolheu muito cedo. Antes das onze. Que fez depois? Foi diretamente para casa?

Dorian olhou-o, sobressaltado:

— Não, Harry. Só cheguei em casa pouco antes das três.

— Foi ao clube?

— Fui... Isto é, não... Andei pelas vizinhanças. Nem me lembro do que fiz... Você é curioso, Harry. Quer sempre saber o que os outros fazem. E eu quero sempre esquecer o que fiz. Na verdade, cheguei às duas e meia. O criado abriu-me a porta. Se deseja um testemunho, pode pedir o dele.

— Acaso é da minha conta? Vamos ao salão, Dorian. Alguma coisa lhe aconteceu. Diga-me o que é. Você não está em si, hoje à noite.

— Não se preocupe, Harry. Sinto-me nervoso. Irei vê-lo amanhã ou depois. Apresente minhas desculpas a lady Narborough. Vou para casa. Tenho de ir.

— Está bem, Dorian. Conto com você amanhã, à hora do chá. Convidei a duquesa.

— Procurarei não faltar, Harry.

E saiu.

A caminho de sua mansão, sentiu o terror assaltá-lo de novo. Já se julgava livre dele. Estava desconcertado. As perguntas de lorde Henry fizeram-lhe muito mal. Precisava recobrar o sangue-frio. Restavam ainda os objetos perigosos. O sobretudo e o saco de viagem ainda estavam no esconderijo. Era preciso dar-lhes um fim.

Abriu o esconderijo. Tremia ao tocar nos objetos de Basil Hallward. Afinal, atirou tudo ao fogo vivo da lareira. O tecido chamuscado e o couro queimado encheram a biblioteca de um cheiro desagradável. Levou quase duas horas para terminar o trabalho.

Finda a tarefa, Dorian se sentiu fraco e enjoado. Perfumou as mãos e a testa. Colocou algumas pastilhas odoríferas no braseiro. Agora tudo estava melhor.

Mas um tremor súbito sacudiu-o. Um brilho estranho acendeu-se-lhe nos olhos. Dorian levantou-se do sofá onde se deitara. Encaminhou-se para um armário de madeira negra, colocado entre duas janelas. Olhava-o, como se ali houvesse algo escondido. Alguma coisa que lhe despertava ao mesmo tempo um apetite violento e uma tremenda repulsa. Apertou uma mola. Abriu-se, então, lentamente, uma gaveta triangular. Ele estendeu a mão. Retirou-a fechada em torno de uma caixinha chinesa, toda trabalhada em ouro. Abriu-a. Dentro havia uma espécie de pasta verde, brilhante como cera, de cheiro forte.

Olhou o relógio. Faltavam vinte minutos para a meia-noite. O moço guardou a caixinha, fechou o armário e passou ao quarto de dormir.

Pouco depois, saía de casa. Meia-noite. Dorian Gray, vestido modestamente, com a manta enrolada no pescoço, fez sinal a um carro de praça. Em voz baixa, deu o endereço ao cocheiro.

— Muito longe para mim, senhor — disse o homem.

— Aqui tem um soberano. E ganhará outro, se andar depressa.

— Perfeitamente, senhor. Estaremos lá dentro de uma hora.

O cocheiro apanhou as rédeas e largou a trote, na direção do Tâmisa.

A vida começa a cobrar

A chuva fria embaciava os lampiões da rua com um nevoeiro úmido. Os locais públicos se fechavam. Grupos de frequentadores se dispersavam, em algazarra clamorosa.

Dentro do carro, recostado, Dorian Gray via esse desfile. Repetia mentalmente as palavras de lorde Henry: "Curar a alma por meio dos sentidos e os sentidos por meio da alma..." Ele lhe dissera isso no dia do primeiro encontro. Dorian o experimentara várias vezes. E tornaria a fazê-lo.

Precisava do esquecimento.

Sentia a alma enferma. Correra sangue inocente. Haveria perdão para isso? Não. Restava a Dorian Gray recorrer ao ópio. Aos antros de horror onde se compra o esquecimento dos pecados. Onde se esmaga com o pé a lembrança de tudo o que é penoso, como se esmaga a víbora que nos picou.

Mas Basil tinha culpa. Não podia ter-lhe falado como falou. Por acaso era o juiz da sua vida?

No fundo, Dorian Gray queria uma desculpa para justificar o que fizera.

O carro já rodava devagar. Dorian, impaciente, torturado pelo desejo do ópio, com a garganta em fogo, repreendia o cocheiro.

A frase de lorde Henry não lhe saía do pensamento. E murmurava: "Curar a alma..." Sim, ali estava o meio de esquecer. Três dias depois, despertaria com outra mentalidade...

— Estamos chegando, não, meu senhor? — perguntou o cocheiro.

De fato. Mandou parar o carro e desceu. Gratificou o homem e seguiu o caminho do cais. Após alguns minutos, chegava a um prédio imundo. Dorian bateu de certa maneira. A porta se abriu mansamente.

Entrou em silêncio. No fundo do corredor, o vento agitava uma cortina verde, rasgada. Dorian afastou-a e entrou em uma sala baixa, mal-iluminada.

Havia gente jogando com fichas. A um canto, um marinheiro, dobrado sobre a mesa, a cabeça enterrada nos braços.

No extremo da peça, uma escada. Por ela Dorian chegou a uma sala escura. Ali recebeu a primeira baforada de ópio. Respirou profundamente. As narinas vibraram de prazer.

Logo à entrada reconheceu um rapaz louro, ocupado em acender um longo cachimbo.

—Você aqui, Adriano? — murmurou Dorian.

— Onde haveria de estar? Agora meus amigos não me dirigem mais a palavra! Meu irmão pagou minha dívida. Mas também não me quer ver. Que importa? Posso dispensar os amigos. Desde que tenha a droga...

Dorian estremeceu. A recordação voltou a roer-lhe a alma com mais força. Parecia-lhe ver os olhos de Basil Hallward, olhando-o. E agora Adriano Singleton.

— Vou a outra casa — disse, após uma pausa.

— A do cais?

— Sim.

— A doida estará lá com certeza. Aqui já não pode entrar.

— A droga lá é melhor...

— Não faz muita diferença.

— Prefiro a de lá. Venha. Tomaremos alguma coisa. Tenho sede.

— Não preciso de nada...

— Não importa.

Adriano levantou-se a custo para acompanhar Dorian Gray. Um mestiço serviu-lhes bebida. Aguardente. Dois copos e a garrafa.

Duas mulheres aproximaram-se.

— Pelo amor de Deus, não falem comigo! — intimou Dorian. — Querem dinheiro? Aqui o têm.

— Não quero ir. Estou bem aqui — falou Adriano.

— Se precisar de alguma coisa, escreva-me.

— Pode ser. Boa noite!

Penalizado, Dorian caminhou para a saída. Ali, a mulher a quem dera o dinheiro gritou:

— Lá vai o que se vendeu ao diabo!

— Cale-se, excomungada! — ordenou Dorian Gray.

Mas a mulher foi gritando atrás dele:

— *Príncipe Encantador* é como gostas de ser chamado, não?

Essas palavras moveram o marinheiro ébrio, que se levantou de um salto. Olhou à sua volta. Chegou-lhe ao ouvido o rumor da porta da rua. Ele se embarafustou pelo corredor.

Dorian Gray percorria apressado o cais, sob a chuva fina. Estava perturbado com o encontro com Adriano Singleton. Basil teria razão? Teria sido ele o responsável pela desgraça do moço? Mas ele não podia tomar às costas o fardo dos erros alheios. Cada um vive como quer e paga pelo que faz. O triste é que às vezes se paga a vida inteira por uma falta só, como se a expiação não tivesse fim. Nos seus negócios com o homem, o destino nunca fecha a conta.

Parece que o pecado, ou o que o mundo chama pecado, domina de tal forma uma criatura que toda fibra do corpo e toda célula do cérebro parecem animadas de impulsos terríveis. Todos perdem, nesses momentos, o controle da vontade.

Furioso, com a mente turvada e a alma revoltada, Dorian Gray apressava o passo.

Subitamente, à entrada de uma galeria, que lhe encurtava o caminho do antro para onde se dirigia, alguém o agarrou por trás. Não podia reagir. Fora imobilizado. Seu perseguidor encostara-o à parede, apertando-lhe a garganta.

Com muito custo, Dorian conseguiu afastar os dedos que o estrangulavam. No mesmo instante, ouviu o estalido de um revólver. O cano polido da arma brilhou diante de seus olhos.

— Que quer? — perguntou o moço.
— Quieto! Ao primeiro movimento, eu atiro!
— Está doido? Que lhe fiz eu?
— Levou Sibyl Vane ao suicídio. E Sibyl Vane era minha irmã. Jurei que o mataria quando voltasse a Londres. Há anos venho-o procurando. Eu nada sabia de você, salvo o nome que lhe dava Sibyl e que ouvi esta noite, por acaso. Encomenda a alma a Deus, porque vai morrer.

Dorian Gray quase desfalecia de medo:
— Não conheci sua irmã... Nem de nome. Você está louco.
— É preferível que confesse. Ajoelhe-se! Você vai morrer. Embarco esta noite para a Índia e quero deixar o serviço feito. Dou-lhe um minuto para ficar em paz com Deus. Só um minuto.

Dorian estava paralisado de horror. Afinal uma ideia lhe cruzou o cérebro:
— Espere! Há quantos anos morreu sua irmã? Diga depressa!

— Há 18 anos... Que importa isso?...

— Há 18 anos — repetiu Dorian, com uma risada triunfal. — Vamos até o lampião e olhe para mim!

James Vane agarrou Dorian e o arrastou para fora da galeria.

O lampião, sacudido pelo vento, projetou uma luz bruxuleante sobre o rosto de Dorian Gray. Isto bastou para mostrar ao marinheiro o que ele julgou um engano terrível: o homem não apresentava mais de 20 anos. Não podia ser o causador da morte de Sibyl.

James soltou-o:

— Meu Deus! Quase! Eu quase o matei!

Dorian disse com toda a calma:

— Por um triz, não cometeu um crime horrível, meu caro. Que isto lhe sirva de lição. Não se vingue por suas mãos.

— Perdoe-me, senhor. Uma palavra ouvida naquele maldito bar deu-me uma pista errada.

— Vá para casa. Guarde essa pistola. Do contrário, acabará mal.

Depois de dizer isso, Dorian desceu lentamente a rua.

James Vane ficou pregado à calçada, tremendo de horror. Depois de alguns instantes, um vulto negro aproximou-se e pegou-lhe no braço. Era a mulher com quem estivera bebendo.

— Por que não o mataste? Devias tê-lo matado. Ele tem rios de dinheiro e é muito mau!

— Não é o homem que procuro. Quero a vida de um homem. Não quero dinheiro. O homem que procuro deve ter agora uns 40 anos. Esse é pouco mais do que um garoto.

A mulher soltou uma gargalhada.

— Pouco mais do que um garoto! Ora, homem! Faz quase 18 anos que o *Príncipe Encantador* fez de mim o que vês.

— Mentes! — gritou James Vane.

— Juro por Deus! Juro que digo a verdade! Que Deus me emudeça, se minto! Dizem que ele vendeu a alma ao diabo para conservar a mocidade. Eu o conheço há 18 anos. Pouco mudou. Mudei eu, isso sim!

— Juras, então, que é verdade?

— Juro! Mas não me denuncies. Preciso de uns níqueis para pagar o quarto...

James empurrou-a. Praguejando, correu à esquina. Dorian desaparecera. James voltou-se. A mulher sumira igualmente.

A primeira conta

Uma semana depois, Dorian Gray conversava com hóspedes na sua bela casa de campo, em Selby Royal. Seus amigos estavam reunidos no jardim de inverno. Eram 12 pessoas, e novos convidados chegariam no dia seguinte.

Lorde Henry, recostado em uma poltrona, observava-os todos, mas parecia desligado.

— De que estão falando? — perguntou, chegando devagar ao grupo que conversava. — Espero que Dorian já tenha falado do meu plano de rebatizar tudo. É uma ideia divertida.

— Mas eu estou satisfeita com o meu nome — protestou a duquesa. — E creio que Dorian também.

— Não se trata de seus nomes, prezada Gladys. Os dois são perfeitos. Refiro-me às coisas, principalmente às flores. É uma triste verdade: perdemos a faculdade de dar belos nomes às coisas. E o nome é tudo. Nunca critico os fatos. Critico as palavras. O indivíduo que chama "pá" a uma "pá" deveria ser condenado a manejá-la. Só serve para isso.

— E você, como o deveríamos chamar?

— Ele se chama *Príncipe Paradoxo* — falou Dorian Gray.
— Muito bem! — aprovou a duquesa.
— Não aceito esse nome. Rejeito o título.
— A realeza não deve abdicar.
— Quer que eu defenda o meu trono?
— Quero.
— Eu digo as verdades de amanhã.
— E eu prefiro os erros de hoje.
— Você me desarma, Gladys!
— Tire-lhe o escudo. Não a lança...
— ... que eu nunca levanto contra a beleza.
— E faz mal, Harry. Acredite. Você valoriza exageradamente a beleza.
— Como pode dizer isso? Admito que acho melhor ser belo do que ser bom. Mas também reconheço que é preferível ser bom a ser feio.
— Você não é fácil, Harry. É um cético.
— Mas se eu creio tanto!
— Que é você, então?
— Definir é limitar.
— Dê-me um fio, um começo.
— Os fios rebentam. Você se perderia.
— Você é surpreendente, Harry. Vamos mudar de assunto.
— O nosso anfitrião é um assunto delicioso. Há alguns anos foi chamado de *Príncipe Encantador*.
— Ah, esqueçam isso! — pediu Dorian Gray.

— Dorian está hoje um tanto melancólico — observou lorde Henry.

— Que diz a isso, sr. Gray?

— Eu sempre concordo com Harry, duquesa.

— Embora ele se engane?

— Ele nunca se engana.

— E essa filosofia o faz feliz?

— Nunca procurei a felicidade. Sempre busquei o prazer.

— Encontrou-o, sr. Gray?

— Com muita frequência.

— Eu procuro a paz. E se não for vestir-me, não a terei esta tarde — disse a duquesa, suspirando.

— Deixe-me dar-lhe umas orquídeas — falou Dorian, levantando-se e atravessando o jardim de inverno.

— Que namoro escandaloso, prima! Tome cuidado! Dorian é muito sedutor! Sabia que tem uma rival?

— Quem?

— Lady Narborough — respondeu lorde Henry, com ar misterioso. — Ela o adora.

— Como se demora o sr. Gray! — desconversou a duquesa, levantando-se. — Vou ajudá-lo. Esqueci-me de lhe dizer a cor do meu vestido.

— Ora, escolha o vestido de acordo com as flores que ele lhe der, Gladys...

Mas interrompeu-se. Do extremo da estufa chegou-lhe ao ouvido um gemido, seguido do ruído surdo da queda de um corpo nos ladrilhos. Correram os dois até lá. A duquesa ficou paralisada de terror.

Dorian jazia de bruços, no chão, desfalecido.

Levaram-no para o salão, onde o deitaram em um divã. Pouco depois, ele recobrou os sentidos e olhou em volta.

— Que aconteceu? — perguntou. — Ah, lembro-me agora. Estarei seguro aqui, Harry?

— Meu caro Dorian, você apenas desmaiou. Foi só isso. Talvez esteja muito cansado. Será melhor que não desça para o jantar. Eu o substituirei.

— Não. Prefiro descer. Não quero ficar sozinho — decidiu Dorian, levantando-se com dificuldade.

Foi ao seu quarto e preparou-se para a noite. À mesa, mostrou-se despreocupado e alegre. Mas de vez em quando tremia gelado de pavor. É que vira, pouco antes, achatado contra a parede envidraçada do jardim de inverno, um rosto. O rosto pálido de James Vane. De lá, o marinheiro o vigiava.

A face do medo

No dia seguinte, Dorian Gray não saiu de casa. Fechou-se no quarto, muito tempo, apavorado, com o pressentimento da morte e, ao mesmo tempo, indiferente à vida. Começara a dominá-lo a consciência de estar sendo perseguido.

E se fosse pura sugestão? Se houvesse alguém rondando a casa, seus criados e seus vigias o teriam notado. Sim, fora ilusão. O irmão de Sibyl não poderia ter vindo para matá-lo. Embarcara aquela noite para algum mar distante. O marinheiro não o conhecia. A máscara da mocidade o salvara.

Certo, se fosse ilusão... Mas, então, sua vida seria assim? Com os fantasmas dos seus erros a persegui-lo o tempo todo?

Às seis da tarde, lorde Henry entrou no quarto de Dorian. Ele chorava.

Só no terceiro dia, aventurou-se a sair ao ar livre. A manhã limpa de inverno estava impregnada do perfume dos pinheiros. Isto lhe dava forças, revigorava-o, restituía-lhe a despreocupação, o amor à vida.

Depois do café da manhã, passou uma hora no jardim em companhia da duquesa. Em seguida, atravessou o parque, de carro, para se reunir aos caçadores. A geada polvilhava de branco o gramado.

Numa curva do pinheiral, Dorian avistou Geoffrey, o irmão de Gladys. Apeou-se, despediu a carruagem e foi, por entre o matagal, reunir-se aos hóspedes.

— Boa caça, Geoffrey?

— Não muito, Dorian. As aves andam ariscas. Talvez seja melhor depois do almoço, em outro terreno.

Dorian Gray continuou a andar ao lado do amigo.

De súbito, de um espesso capinzal seco, uma lebre pulou para a moita próxima. Sir Geoffrey levou a arma ao ombro. Mas alguma coisa, talvez a graça do animalzinho, encantou Dorian Gray.

— Não atire, Geoffrey! Deixe a lebre viver.

— Que bobagem, Dorian! — rebateu o outro, divertido.

E o tiro partiu. Ecoaram dois gritos. O da lebre assustada, que é terrível. E um grito humano de agonia, que é ainda mais aterrador.

— Meu Deus! Acertei em alguém — gemeu sir Geoffrey. — Esse idiota mete-se, então, diante das armas? Parem, camaradas! Há um homem ferido!

O chefe dos batedores acudiu, de vara na mão.

— Onde, senhor? Onde está o ferido?

Ao mesmo tempo, o fogo cessara completamente.

— Ali — respondeu Geoffrey, exasperado, correndo para a moita.

Dorian viu os dois homens entrarem no silvado. Momentos depois, reapareciam, arrastando um corpo. Ouviu Geoffrey perguntar se o homem morrera de fato. Ouviu a resposta afirmativa do outro. Inúmeras cabeças, num instante, fervilharam na moita. Todos queriam ver.

— É melhor que mande suspender a caça hoje, Dorian. Não ficaria bem continuar — falou alguém, colocando-lhe a mão no ombro.

— Por mim, eu a suspenderia para sempre, Harry. É uma diversão horrível, cruel. O homem está mesmo?...

— Receio que sim. Recebeu a carga em pleno peito. A morte foi instantânea. Venha. Vamos para casa.

— É mau agouro, Harry! Muito mau sinal...

— A que se refere? Ah! Ao acidente, suponho. Mas a culpa cabe à própria vítima. Além disso, não é pessoa da casa. O pior é para Geoffrey. É sempre desagradável acertar no que não viu... Mas de que adianta falar disso agora?

— É mau sinal, Harry. Sinto que alguma coisa vai acontecer a um de nós. A mim, talvez — concluiu o moço, angustiado.

— Agouros e sinais são coisas que não existem, Dorian. O destino não envia arautos. De resto, que pode acontecer-lhe, Dorian? Você tem tudo que um homem pode desejar no mundo. Não há na terra quem não ficasse feliz estando no seu lugar.

— E não existe na terra uma criatura com quem eu não quisesse trocar de lugar. Não se ria. Falo a verdade. O camponês que acaba de ser morto está melhor do que eu. Não tenho medo da morte. O que me apavora é a ronda que ela faz em torno de mim. Meu Deus! Não está vendo aquele homem, me espionando ali, atrás das árvores?

Lorde Henry olhou para a direção indicada.

—Vejo, sim — disse, sorrindo. — Vejo o jardineiro esperando por você. Talvez queira lhe perguntar com que flores deve enfeitar a mesa logo mais! Está nervoso, Dorian. Quando chegarmos à cidade, irá consultar o meu médico.

De fato, era o jardineiro. Trazia um bilhete da duquesa. Dorian recebeu-o com frieza.

— Simpatizo muito com a duquesa, mas não a amo.

— E ela ama-o muito, Dorian. Mas, na verdade, não simpatiza muito com você. Está pago.

— Quem me dera poder amar! — exclamou Dorian Gray, em tom sentido. — Mas acho que perdi a faculdade de me apaixonar. Parece que o desejo morreu em mim. Concentrei-me demais no meu eu, e a minha personalidade se tornou um peso. Só desejo escapar, desaparecer, esquecer. Foi uma estupidez ter vindo para cá. Vou mandar que aprontem o iate. No barco, estarei a salvo.

— Salvo de quê, Dorian? Por que não me diz? Eu o ajudaria.

— É só um pressentimento horrível.

— Que absurdo!

— Espero que o seja! Aí vem a duquesa.

Gladys vinha, curiosa sobre o acidente. E fazia perguntas.

Dorian Gray mostrava-se cansado. De todos.

— Desculpem-me. Acho que é melhor deitar-me. Logo à noite você me repetirá as perversidades que Harry lhe disser.

Pela escadaria do jardim de inverno, Dorian entrou na casa. Os dois ficaram conversando.

— Muito apaixonada por ele?

— Quem me dera saber!

— É na incerteza que está o encanto. O nevoeiro dá às coisas aspectos maravilhosos.

— Mas a gente pode errar o caminho.

— Todos os caminhos vão dar no mesmo ponto, Gladys.

— Qual é...?

— A desilusão.

— Foi a minha estreia na vida, primo.

No andar de cima, Dorian Gray deitara-se em um sofá. Tremia-lhe de apreensão cada fibra do corpo.

A vida se lhe tornara, de repente, um fardo odioso de carregar. Às cinco horas chamou o criado. Que lhe arrumasse as malas para o expresso noturno de Londres. Estava decidido. Não passaria mais uma noite naquele lugar agourento. A morte andava ali, dia claro.

Escreveu algumas linhas a lorde Henry para lhe dizer que ia à cidade consultar o médico. Pedia-lhe que fizesse as honras da casa em seu lugar.

Ia colocar a carta no envelope quando bateram à porta. O criado vinha lhe dizer que o chefe dos batedores queria falar-lhe. Era sobre o acidente. O homem era totalmente estranho para todos.

— Quer dizer que não o conhecem? — perguntou Dorian Gray. — Não é um dos seus?

— Não, senhor. Eu nunca o vi. Parece mais um marinheiro.

A pena caiu da mão de Dorian Gray.

— Marinheiro? Você disse marinheiro?

— Sim, senhor. Pelas tatuagens nos braços e outras coisas...

— Que lhe encontraram na roupa? Nada que o identifique?

—Algum dinheiro. E um revólver. Nada de nome. Uma cara honrada, mas grosseira. Um marinheiro, é o certo.

Dorian levantou-se:

— Onde está o corpo? Vamos lá! Depressa!

— Está na cocheira vazia da granja. Todos acham que um cadáver em casa dá azar.

—Vá para lá. Vou pegar um cavalo. Irei já.

Em menos de quinze minutos, Dorian montou e saiu a galope, em direção à granja, chicoteando o assustado animal.

Chegou, enfim. Apeou e entregou as rédeas a um criado.

Empurrou a porta e entrou.

O homem estava em cima de um monte de sacos. Vestia roupa grosseira. Um lenço manchado cobria-lhe o rosto.

Dorian chamou um dos criados da granja:

—Tire o lenço. Quero ver-lhe o rosto.

O criado obedeceu. Dorian Gray chegou mais perto. Sim, era ele! O homem abatido na moita era James Vane.

Dorian permaneceu uns instantes mais. Contemplava o cadáver com um sorriso de júbilo.

A caminho de sua mansão, ia com a alma livre.

Sabia que estava salvo.

O retrato de uma dor

— Não adianta dizer-me que pretende ser bom — exclamou lorde Henry. — Você já é perfeito. Não mude, por favor!

— Não, Harry. Fiz coisas horríveis na minha vida. Resolvi adotar outra norma. Ontem mesmo comecei as minhas boas ações.

— Onde esteve ontem?

— Fora da cidade. Em uma pequena hospedaria, perto de Selby.

— Qualquer pessoa pode ser boa no campo, meu filho. Ali não há tentações.

— Tenho um novo ideal, Harry. Vou mudar de vida. Creio que já mudei um pouco.

— E qual foi a sua boa ação? Ou praticou mais de uma?

— Essa é uma história que só posso contar a você. Você entende. A boa ação é que poupei alguém. Ela era linda. Parecia-se extraordinariamente com Sibyl Vane. Isso foi o que mais me atraiu. Hetty é o nome dela. É uma pobre moça de aldeia. Mas, creia, eu lhe tinha amor.

Ia vê-la duas ou três vezes por semana. Ontem, ela me esperava. Estava pronta para fugir comigo. Pois olhe: de repente, decidi deixar lá essa flor de menina, intata como a conheci.

— Sim, deu-lhe uns conselhos e partiu-lhe o coração. É assim que se começa a regenerar-se.

—Você é detestável, Harry. Diz coisas horríveis. Claro que ela chorou. Mas foi tudo. E eu não a desgracei.

—Você tem cada ideia, Dorian!... Acha que ela quererá casar-se com alguém do seu meio? Só o fato de havê-lo conhecido vai fazê-la desprezar qualquer marido, e ela será infeliz. Depois, quem garante que ela, a esta hora, não esteja boiando em algum lago por aí?

— É intolerável, Harry! Zomba de tudo! Sei que agi corretamente. Mudemos de assunto, portanto. E não queira convencer-me de que minha primeira boa ação, em todos esses anos, é uma espécie de pecado. Quero melhorar. Agora, conte-me alguma coisa de você, da cidade, do clube. Há dias não apareço lá...

— Lá o que se comenta ainda é o desaparecimento de Basil Hallward.

— Pensei que já se houvessem cansado — observou Dorian, contrariado.

— Há seis semanas que só se fala nisso. O público inglês não tem a sorte de que apareçam novidades todos os dias. Ultimamente essa sorte mudou: houve o meu divórcio, o suicídio de Alan Campbell. Agora é o desaparecimento misterioso de um artista. A Scotland Yard insiste em que o indivíduo de sobretudo cinzento que deixou Londres no comboio da meia-noite, 9 de novembro, com destino a Paris, era Basil Hallward. A polícia francesa declara que Basil nunca chegou a Paris.

— Na sua opinião, o que sucedeu a Basil? — perguntou Dorian.

— Não tenho a menor ideia. Se Basil resolve esconder-se, não é da minha conta. Se morreu, nem quero pensar nisso. A morte é a única coisa que me assusta.

— Por quê?

— Porque é possível sobreviver-se a tudo, menos à morte. Não tem explicação.

Dorian levantou-se, em silêncio. Sentou-se ao piano e deixou correr os dedos pelo teclado.

De repente, interrompeu-se e perguntou:

— Nunca lhe ocorreu, Harry, que Basil tenha sido assassinado?

— Basil não tinha nada. Por que o matariam? Nem era inteligente a ponto de ter inimigos. Tinha grande talento para a pintura. Mas um homem pode pintar como Velásquez e ser bronco. Na realidade, Basil era assim.

— Eu estimava sinceramente Basil — disse Dorian. — Ninguém insinuou que ele foi assassinado?

— Sim, alguns jornais. Não me parece provável. Basil não frequentava lugares ruins. Não era curioso. E era o seu maior defeito.

— Que diria você, Harry, se eu lhe dissesse que matei Basil?

— Eu lhe diria que isto não lhe assenta bem. Todo crime é vulgar. Como toda vulgaridade é crime. Não está em você praticar um crime, Dorian. O crime é para as classes inferiores. É para elas o que a arte é para nós: um meio de provocar sensações raras.

— Um meio de provocar sensações raras? Pensa então que o autor de um homicídio possa praticar de novo o mesmo crime?

— Ora! — exclamou lorde Henry com uma risada. — Tudo o que fazemos com frequência se torna prazer. Esta é uma das maiores revelações da vida. Acho, porém, que o crime é sempre um erro. Mas voltemos a Basil. Sabe? Acho também que já não faria grande coisa. Ele decaíra muito em sua arte. Perdera o ideal. Você deixou de ser seu grande amigo e ele deixou de ser grande artista. A propósito: que fim levou o maravilhoso retrato que ele lhe fez? Você disse que fora roubado, ou coisa assim? Você pôs um anúncio?

— Não me lembro. Acho que anunciei, sim. A verdade é que nunca dei muita importância ao retrato. Arrependi-me até de ter posado para ele. Aquele quadro me trazia à memória uns versos curiosos do Hamlet, se não me engano... mais ou menos isto: "Como o retrato de uma dor, um rosto sem coração." Sim, era isso o que ele parecia.

Lorde Henry riu-se.

— Se um homem leva uma vida de arte, seu cérebro fica sendo o coração, Dorian. A propósito, que adianta ao homem conquistar o universo se..."perde a alma"?

Dorian Gray parou de tocar. Sobressaltado, encarou o amigo.

— Por que essa pergunta, Harry? Logo a mim?

— Meu caro rapaz, perguntei porque pensava que você pudesse dar uma resposta. Só por isso. Eu ouvi essa pergunta de um homem que pregava, no domingo, lá no parque. Gostaria de dizer ao homem que a arte tem alma, e o homem não...

— Não diga isso, Harry. A alma é uma realidade terrível. Pode ser comprada, vendida, barganhada, intoxicada ou aperfeiçoada. Há uma alma em cada um de nós. Eu sei.

— Tem certeza, Dorian?

— Absoluta.

— Nesse caso deve ser uma ilusão. As coisas de que temos certeza absoluta jamais são reais. Não seja tão sério, Dorian! Toque um pouco. Enquanto toca, vá dizendo baixinho como conservou a mocidade. Deve ser um segredo. Sou apenas dez anos mais velho do que você. E aqui estou: pálido, gasto e enrugado. E você nunca me pareceu tão encantador como nesta noite. Conte-me o seu segredo. Daria tudo para sabê-lo.

— Já não sou o mesmo, Harry.

— É o mesmo, sim. Atualmente você é um tipo perfeito. A vida é uma questão de nervos, fibras, células, onde o pensamento se aloja e a paixão esconde os seus sonhos. Eu trocaria de lugar com você, Dorian. Você não fez nada. Não esculpiu uma estátua, não pintou um quadro, não produziu qualquer obra. A sua arte foi a vida. Você a musicou, e os seus dias são os seus sonetos.

— Sim, minha vida foi deliciosa. Mas não pretendo continuá-la assim. Se você me conhecesse bem, você mesmo se afastaria de mim.

— Nada disso. Vamos sair. Vamos ao clube.

— Não, Harry. Estou cansado. Quero deitar-me cedo.

— Então fique. Mas saiba que nunca tocou tão bem como hoje.

— É porque eu quero ser bom. Já mudei um pouco.

— Não mudará para mim, Dorian. Continuaremos amigos.

— Entretanto, outrora, você me envenenou com um livro. Prometa que não emprestará mais esse livro a ninguém. É malfazejo.

— Pronto. Está pregando moral. Não adianta, Dorian. Somos o que somos: você e eu. Venha ver-me amanhã, às onze.

— Estarei aqui às onze. Boa noite, Harry.

À porta, parou um instante. Parecia querer dizer algo mais. Afinal, suspirou e saiu.

O resgate

Era uma noite luminosa, tão quente que Dorian Gray dobrou o sobretudo no braço.

Ia a caminho de casa. Dois moços elegantes passaram, e um disse ao outro:

— É Dorian Gray.

Noutros tempos, essa popularidade causava-lhe prazer. Ultimamente, contrariava-o.

O maior encanto do lugar onde ia ver Hetty era que ali ninguém o conhecia. Dissera à namorada que era pobre. Ela acreditara. Uma vez, brincando, dissera-lhe que era mau. Ela protestara:

— Os maus são velhos e feios.

Nesta noite, Dorian encontrou o criado à sua espera. Dispensou-o e dirigiu-se à biblioteca. Deitou-se no sofá e ficou pensando no que lhe dissera lorde Henry.

Seria verdade que o homem não pode mudar? Dorian tinha saudade da pureza de sua adolescência! Sabia que manchara a alma. Enchera a mente de torpeza e alimentara sua imaginação com horrores. Havia influenciado muito para o mal. E alegrara-se, sempre, em ter feito isso. Arrastara muitas vidas à vergonha. Seria tudo isso irreparável? Não haveria um modo de voltar atrás em tudo o que fizera? Arrependia-se, agora, de ter feito, num momento de orgulho e vaidade, aquele maldito trato. Que sobre o seu retrato recaísse o peso dos seus dias. E a ele, ao seu belo físico, fosse reservado o esplendor da eterna juventude! Seu corpo nunca fora castigado pela vida. Suas faltas estavam todas sem punição. Ah, como lamentava! Por isso, não melhorara: a purificação está no castigo. Em vez de "Perdoai-nos os pecados", o homem devia orar a Deus: "Lavai-nos a alma de nossas faltas."

Em cima da mesa, na biblioteca, estava o magnífico espelho. Um presente maravilhoso de lorde Henry.

Dorian apanhou-o, exatamente como fizera naquela noite de horror, quando notara a primeira modificação.

Amaldiçoou, então, a sua beleza que o espelho teimava em refletir. Jogou o espelho no chão e o reduziu a cacos com o pé. A causa de sua desgraça fora a sua beleza. A beleza e a mocidade que ele desejara conservar para sempre. Sem elas, sua vida teria sido pura.

Mas era melhor não pensar no passado. Nada o poderia mudar. Agora era pensar no presente. No que fizera de si mesmo. E no futuro.

James Vane estava sepultado em cova anônima, no cemitério de Selby. Alan Campbell suicidara-se, no laboratório, sem revelar o segredo que ele o forçara a partilhar. Basil Hallward, em breve, estaria esquecido. Afinal, estava em segurança. Mas o que lhe doía não era a morte de Basil — era a morte, em vida, de sua alma. Basil Hallward pintara o retrato que fora a causa de tudo. Não podia perdoar. A morte de Basil fora provocada por alucinação sua. Impulso de um momento que não pudera controlar. A de Alan Campbell fora decidida por ele próprio. Nenhuma culpa lhe cabia.

Podia, sim, recomeçar uma vida nova!... Era com o que mais sonhava nesse momento. Havia de ser bom. Nunca mais abusaria da inocência.

A lembrança de Hetty levou-o a perguntar a si mesmo se alguma diferença já se notaria no retrato. Afinal, fora bom. Respeitara Hetty.

Apanhou um lampião e subiu.

Um sorriso alegre iluminava-lhe o rosto ao abrir a porta. Parecia estranhamente mais jovem e belo neste instante. Sim, ele havia de ser bom. O quadro hediondo deixaria de lhe inspirar horror.

Respirou, aliviado. Feliz, até.

Entrou tranquilamente em sua antiga sala de estudo. Fechou a porta devagar, como sempre fazia.

Puxou o pano de veludo...

Um grito de terror, de indignação, escapou-lhe dos lábios.

Nenhuma alteração visível. Salvo nos olhos, aparecera uma expressão nova de astúcia e malícia. E na boca: um trejeito hipócrita. A imagem odiosa tornara-se, se ainda era possível, mais repulsiva. O orvalho vermelho continuava a gotejar, saindo dos poros, como um sangue vivo...

Dorian Gray tremia. Fora então a vaidade que o levara a praticar uma boa ação? Ou o desejo de sensações novas, como insinuara lorde Henry com ironia? Talvez um pouco de tudo isso... Mas por que a mancha horrível se espalhara até os dedos enrugados? Como pudera pingar nos pés da figura, sujando até a mão que não empunhara a faca?

Confessar?... Será que aquilo significava que ele devia confessar o seu crime? Entregar-se à prisão? À morte?

Dorian Gray soltou uma gargalhada. Se confessasse, quem acreditaria? Não haveria cadáver. Basil estava reduzido a cinzas, como tudo o que lhe pertencia. Se confessasse, o mundo o encerraria num asilo de loucos...

Contudo, seu dever era confessar. Há um Deus que manda os homens confessarem os seus pecados na terra, como no céu. Se não houvesse confissão, não haveria punição. Sem punição, como conseguiria purificar-se?

Começou a analisar: onde estaria o seu crime? A morte de Basil não tinha mais importância. Agora, atormentava-o mais Hetty Merton. Era injusto esse espelho da sua alma... Então, na sua renúncia, não havia senão vaidade, curiosidade, hipocrisia? Era isso: por vaidade, ele poupara a camponesinha. A curiosidade o fizera experimentar a renúncia. A falsidade pusera-lhe no rosto a máscara da bondade... Percebia tudo nesse momento.

Mas... isso ia amargurar-lhe o resto da vida? O passado iria acusá-lo, enquanto vivesse?

Uma única prova acusadora existia: o retrato. Ele o destruiria. Confessar, nunca! E por que guardara o retrato tanto tempo? Agora já não o divertia mais. Antes tinha prazer em vê-lo mudar. Envelhecer. Agora, causava-lhe insônia.

Dorian Gray olhou à sua volta. Viu a faca com que matara Basil Hallward. Estava brilhante, limpa.

Matara o pintor. Mataria o quadro.

E ele estaria livre! Livre dessa tela monstruosa, dotada de alma. Viveria finalmente em paz.

Segurou, pois, a faca e trespassou o retrato.

Ecoou um grito em toda a casa. Em seguida, um baque surdo. O grito pavoroso, de agonia, fora tão lancinante que os criados acordaram e acudiram alarmados.

Dois homens que passavam na praça pararam. Olharam a suntuosa mansão e saíram à procura de um guarda. Com ele, voltaram ao palácio de Dorian Gray. O guarda tocou várias vezes. Ninguém atendia. No alto do prédio, apenas uma janela iluminada. O resto continuava escuro.

— Quem mora nesta casa, chefe? — perguntou o mais velho dos dois homens.

— O sr. Dorian Gray.

Os dois senhores entreolharam-se com um sorriso malicioso. E afastaram-se.

Do lado de dentro, o pessoal discutia em voz baixa. A velha governanta chorava. Francis estava lívido.

Passado um quarto de hora, o criado, um dos empregados e o cocheiro subiram ao último andar. Bateram à porta. Gritaram. Nada. Nenhuma resposta. Tentaram arrombá-la e não conseguiram. Subiram ao telhado. De lá desceram à sacada, cuja porta, velha, cedeu facilmente.

Ao entrarem na sala, viram na parede o magnífico retrato do amo — como havia sido: no esplendor de sua esplêndida mocidade e beleza.

No chão, estava o que restava de um homem. Vestido em traje de rigor, com uma faca cravada no peito. Ele estava lívido. Enrugado. Repugnante.

Só pelos anéis os criados conseguiram identificá-lo.

Impresso na JPA Ltda. – Rio de Janeiro/RJ